悅心
文言讀本

誦名言　讀經典　學寫作

顧問　朱少璋博士

啟思出版社

古典春泥，妙筆生花

朱少璋

　　個人一向主張寫作要多從大傳統吸取養分。歐陽修說「不忘前人，是以根深而葉茂」（〈會聖宮頌〉），「根」既是根基之義也兼涉根源之義，大傳統正是我們的根基根源，「不忘」二字也正是學習應有的態度。

　　「從大傳統吸取養分」聽來抽象，具體簡單一點，不妨直接理解為「多讀古典文」。現當代語體文學不見得與古典文學不共戴天。古典詩文簡潔清通優美暢達的優點，實在跟語體白話的要求相類相近又相通。喜愛寫作而忽略古典，是非常可惜的。古典詩文名篇不少，名句也多，讀者不妨由句入篇，自能領會得到「初極狹，纔通人；復行數十步，豁然開朗」的桃源意趣，終身受用。說閱讀古典詩文有助寫作，也許不必陳義過高，畢竟，當代人的語體白話「書寫」能否融匯古典文學的神理氣味與格律聲色，最終還是要看造化，要看個人感悟，不可能立竿見影。但透過大量閱讀古典名篇，積累有用的詞匯與名句，對寫作又怎會沒有幫助？更何況名篇名句寓意深刻，可以啟發思考，又可供引用或充當論據，作用是很大的。

　　歐陽修〈誨學說〉起筆即引用《禮記・學記》名句「玉不琢，不成器，人不學，不知道」，下文別出心裁，在名句的基礎上用「然」字轉出另一番深意：「然玉之為物，有不變之常德，雖不琢以為器，而猶不害玉也」，說明即使玉石不加雕琢也無損其本質的道理。歐陽修再進一步深化主題，提出「人之性，因物則遷，不學，則捨君子而為小人」的反思，認為玉石可以不雕琢，但人若不學習就會淪落。〈誨學說〉分明是引

用名句而又同時對名句作逆向或批判的反思，翻出另一層新意。《禮記·學記》的說法是重視玉石與人之相同，歐陽修則強調玉石與人之相異。余光中〈聽聽那冷雨〉中有一段別具詩情畫意的文字：「饒你多少豪情俠氣，怕也經不起三番五次的風吹雨打。一打少年聽雨，紅燭昏沉。兩打中年聽雨，客舟中，江闊雲低。三打白頭聽雨在僧廬下，這便是亡宋之痛，一顆敏感心靈的一生：樓上，江上，廟裏，用冷冷的雨珠子串成」；這正是化用南宋蔣捷的〈虞美人·聽雨〉：「少年聽雨歌樓上，紅燭昏羅帳。壯年聽雨客舟中，江闊雲低斷雁叫西風。而今聽雨僧廬下，鬢已星星也。悲歡離合總無情，一任階前點滴到天明。」余光中穿插巧妙，為當代語體書寫鋪墊古雅氣韻。以上兩個例子，一古一今，大概可以具體展示根深的作用、葉茂的效果。

寫作是「積累」與「感興」結合的成果。「感興」瞻之在前忽爾在後，無法勉強可以隨緣。「積累」卻是磨針的功夫，沒有捷徑不容取巧，多讀古典名篇多誦古典名句，收穫自然可觀。徐國能重視古典，在〈文化是寫作的沃土〉中說文言文「包含了江上的清風廟堂的憂國」，對極了——那一霎「江上的清風」自蘇東坡的〈赤壁賦〉吹來，那一縷「廟堂的憂國」出自范仲淹的〈岳陽樓記〉。徐國能的散文寫得好不好讀者自有評價，生於 1973 年的青年散文家如此重視古典又能如此活用古典，實在令人刮目相看。余光中談個人的「國文啟蒙」，說一個人的中文根柢必須深固於中學時代，此話不虛。但願比徐國能年輕的「後輩」，同樣能鍾情閱讀、重視古典、熱愛寫作。

2015 年 1 月寫於浸會大學東樓

悦心與開明

　　《悦心文言讀本》這個書名包含了兩個典故，也寄寓了我們的兩個編纂理念。首先是前面的修飾語，典出清帝雍正所編的《悦心集》。雍正即位前，生活還未給政務充斥，有較多閑暇和心思去讀書，每次讀到教自己有所領悟的篇章，便會抄錄下來，俾便日後再細味品讀，讓自己可以放逸身心，超脫塵俗，修養心性。登基後的第四年（即1726年），雍正將這些名篇輯錄成《悦心集》，在書序中指所選的篇章都足以「消除結滯，浣滌煩囂，令人心曠神怡，天機暢適」；涵蓋的作者「有仕，有隱，有儒，有釋，有高名，有無名」，不專一家；所錄的體裁「有莊語，有逸語，有清語，有淺近語」，不名一體。雍正將書賜給親信直隸總督李衛，囑他：「公務餘暇，時一展對，頗可悦目清心。」

　　本書之所以冠上「悦心」之名，乃因它跟《悦心集》一樣，不但選材廣泛，不拘一格，不限一時，不專一家，言近指遠，辭簡味長，還可讓讀者濯滌心靈，陶冶性情。雖然文言已非我們平常慣用的語言，但這並不代表文言已死，文言仍存在於我們日常生活中，仍是語言學習的「瞭望台」，亦是中國傳統文化的「蓄層」。文言，對時下年輕人來說，尤其陌生，惟坊間缺少一本與現代生活結合得宜的文言讀本，供年輕人置於案頭，不時觀覽，於俯仰之間，領會中國文化的要義。正如當初李衛雖目不識丁，但還是努力試讀，怎料卻讀出味兒來，他給雍正回奏時指出《悦心集》是「修身至寶」。雖然對於學生來說，閱讀文言未能在一時之間收到「修身」之效，但仍可學習雍正勤讀書，廣泛涉獵，每有所悟便抄錄存檔的良好習慣。

如果説「悦心」的含意給本書訂定了編寫的宏旨，那麼「文言讀本」這個「中心語」所包含的典故，便彰顯了落實理念的範例。上世紀四十年代，三位「五四」名士朱自清、葉聖陶和呂叔湘編製了《開明文言讀本》三冊，後來為方便學生不時研讀，葉、呂（時朱自清已仙逝）又將三冊合為《文言讀本》一冊。葉、呂在「前言」中表示，由於文言已為白話取代，學生不用具備寫作文言文的能力，所以學習文言的價值主要是為了欣賞過去的文學；但又強調選材上刻意減低純文藝作品的比例，多選「廣義的實用文」，這兩者看似矛盾，其實不然。當時的學生確實不需要寫作文言文的能力，但多讀文言經典，絕對有助提升寫作白話文的能力，令語言更凝煉，含蘊更豐富，唸起來也更鏗鏘和富節奏感。另外，《文言讀本》所謂的「廣義的實用文」包括〈桃花源記〉、〈岳陽樓記〉等情理並茂的經典，跟現在我們所理解的「實用文」不同。編者之所以將之歸為「實用」的範疇，旨在突出其與學生生活息息相關，即使不再使用文言，但其中的情意及思想卻是值得追慕的。

　　《悦心文言讀本》以同樣的理念為學生編纂而成。學習文言該從生活出發，許多文言警句在無意間進入了我們記憶的深處，偶然在不同的生活場景中閃現，帶來的無論是安慰還是棒喝，都是「開明啟竅」的經驗。本書以二十六句警世箴言切入，進而在「名言溯源」中介紹其出處篇章（並附語譯），篇後的「小百科」臚列跟篇章有關的「文化知識」，增加學生的文化積澱，有效提升其解讀文言文的能力。至於「名言共賞」則深入剖析名言所含的文化意蘊，並輔以漫畫，深入淺出地幫助讀者了解名

言背後的精神價值，讓學生得以從「知其所言」拓展到「知其所以然」的層次。以第三篇〈生於憂患，死於安樂〉為例，讀者在「名言溯源」中，會讀到這名句的出處篇章《孟子‧告子下》，然後有「小百科」專欄介紹亞聖孟子的生平及《孟子》一書的文學地位，接着在「名言共賞」中便帶出儒家思想中的「憂患意識」，並進一步提出其他意義相近的文言警句如范仲淹的「先天下之憂而憂，後天下之樂而樂」、歐陽修的「憂勞可以興國，逸豫可以亡身」、劉基所云的「安不忘危，治不忘亂」，讓學生掌握「憂患意識」在中國文學史中的發展脈絡，有效深化和鞏固所學。在「名言活學」的部分，則以「港孩問題」及「家貧狀元」的剪報，將「憂患意識」放諸今天的生活環境中去討論，引導學生作切身的反省，並在生活共鳴中領悟古人的訓勉和智慧。

　　一般的文言讀本多止於解透篇章，《開明文言讀本》每篇備注釋以外，兼有詳盡的「討論與練習」，對學生研讀文言文尤有裨助；這本《悅心文言讀本》的體例繼續發展，務求與時並進，特別創設了「名言活用」的欄目，引導學生將前面所學到的語文知識、文化知識和時事常識去寫作「廣義實用文」──跟《開明文言讀本》的定義不同，本書所指的是現時中學文憑試寫作卷常見的各種命題寫作文類。「名言活用」中的寫作題目都是根據近年文憑試試題擬定，每題均附寫作示例，並備「增分點」欄目，闡明文章的寫作技巧，與其說這是考試的策略，不如說它們是寫作的小竅訣，讓學生學會如何在限時寫作中發揮小改變大改善的點睛之效。這個設定主要是為了吸引學生將學到的寫作策略運用出來，所以

與其說是引導學生為考試學習語文，不如說是鼓勵學生以考試為「獻技場」，在反覆練習中精進技藝。其實，考試跟學習從來都沒有衝突，中國幾千年的文學發展都與科舉制度有着互相促進之關係。只要教材有足夠的鋪墊和不是一味流於為考試操練便可。如果學生讀了這冊讀本後，能在公開試的寫作卷取得佳績，因而變得自信並愛上語文、愛上創作，出版這本小書可說是功德無量了。

當年《開明文言讀本》甘冒編纂「雜亂」的譏誚，而收錄包括小品、佛經、筆記、序跋、家訓，甚至小說各類文章，這本《悅心文言讀本》也承此用心，以警句切入，廣及不同的文言篇章，再輔以語譯、漫畫、剪報和寫作示例作闡釋，不拘一格，只為以較「開明」的編纂手法，帶領學生欣賞文言作品及其背後純厚的文化意蘊，進而阜豐他們的生活，實現先「悅心」而後「開明」的美好宏願。

目 錄

世態人情

人生感慨

附 錄

修身處世

1 己所不欲，勿施於人。

《論語·顏淵》

名言溯源

古文

仲弓問仁。子曰：「出門如見大賓，使民如承大祭。己所不欲，勿施於人。在邦無怨，在家無怨。」仲弓曰：「雍雖不敏，請事斯語矣！」

《論語·顏淵》(節錄)

今譯

仲弓問孔子甚麼是仁。孔子回答道：「出門工作時，要像接見貴賓般莊重；役使百姓時，要像負責盛大祭典般謹慎。自己所不喜歡的事物，就不要強加在別人身上。在諸侯國不使人怨恨；在卿大夫的家也不使人怨恨。」仲弓道：「我雖然遲鈍，但一定會實行先生的話。」

小百科

➢ 孔子 (約公元前 551-前 479 年)

孔子名丘，字仲尼，春秋時期魯國人 (今山東曲阜)。孔子的「子」不是他的名字，而是古代對品德高尚、有學問及地位的男子的美稱。他是中國偉大的思想家和教育家，也是儒家學派的創始人。孔子的儒家學說推崇「仁」(愛人自愛) 和「禮」(遵守禮制)，他認為東周天子地位衰落，王命不行的原因在於社會失去秩序，因此提倡恢復周禮去挽救禮樂崩壞的情況。及至漢武帝獨尊儒術

後，儒家思想便成為了中國的主流價值觀，深深影響後來的文化和社會發展，孔子亦為後人尊奉為「萬世師表」。

▷ 仲弓 (生卒年不詳)

冉雍，字仲弓，也稱子弓，是孔子的學生，春秋時期魯國人。孔子曾按弟子的特長分為德行、言語、政事和文學四科，並列出十名傑出弟子，世人稱這十名弟子為「孔門十哲」，仲弓是其中之一。仲弓出身寒微，但是待人誠懇寬厚，位列德行科。他不獨德行出眾，孔子更稱讚他「可使南面」，即指他才德兼備，才能足以擔任一部門或一地方的長官。

▷《論語‧顏淵》

最能體現孔子思想學說的書，可說是由孔門後人集體編寫而成的《論語》。《論語》是一部語錄體，載有孔子和其弟子，以及其弟子與門人之間的對話。全書分為二十篇，篇名通常取自篇首的二、三字。《論語》中常見的「子」和「夫子」都是指孔子，「弟子」指孔子的學生，而「門人」則指孔子弟子的學生，即是再傳弟子。

《論語‧顏淵》是《論語》的第十二篇，共二十四章，主要記述了幾名弟子向孔子問「仁」的對答。篇名提到的顏淵，又名顏回，字子淵，與孔子同是魯國人，是孔子最喜愛的弟子。孔子曾用「賢哉，回也」、「回也，其心三月不違仁」來稱讚顏淵的德行。根據《論語‧雍也》記載，顏淵家境貧窮，日常只有「一簞食，一瓢飲」，但他仍「不改其樂」，依舊安貧樂道。此外，孔子和顏淵感情非常深厚，他在顏淵死後，更言：「天喪予！天喪予！」可見顏淵的死對孔子而言是沉重的打擊。

名言共賞

「仁」是儒家學說中一個重要的概念。《論語》中「仁」字出現了109次之多，而在《論語‧顏淵》中，也可見不少弟子先後「問仁」。孔子因材施教，根據弟子的性格與理解能力，對「仁」作出不盡相同的回應，例如對「聞一知十」的顏淵，孔子便教他「克己復禮」，約束自己，使言語行為符合規範；司馬牛魯莽，故孔子教他說話要謹慎。對於反應較遲鈍的學生，例如樊遲「問仁」，孔子便直接告訴他「愛人」。簡而言之，孔子提及的「仁」，如《禮記‧中庸》所言：「仁者，人也」，是人與人相親相愛的意思。

當仲弓問仁時，孔子回答了仁者待人處事的方法——「己所不欲，勿施於人」，意思是自己所不喜歡的事物，就不要強加在別人身上。這個原則要求人處理事情時自我約束，多顧及他人的感受，因為把自己不喜歡的事物強加於人，或會使人難受。這句話說明了我們做人處事時必須保持「同理心」，先設想他人的處境，嘗試代入對方的角度，這樣才能明白別人的難處，反思自己待人是否過於苛刻。孔子認為只要將心比己，不把自己不喜歡的事物強加於人，人們就能和諧共處，社會便會充滿祥和的氣氛。因此，體諒他人，就是「仁」的具體表現。

西方也有與這句名言相類似的看法，例如著名科學家愛因斯坦曾說過：「生命的意義在於設身處地替人着想，憂他人之憂，樂他人之樂。」這句話與「己所不欲，勿施於人」同樣主張將心比己，為人設想。以下漫畫是關於大禹治水的故事，以及戰國時期孟子與商人白圭的對話。他們論及大禹治水一事時，白圭從功利的角度出發，認為只需把洪水引導到別國便能省下大量功夫，大禹根本不需要花費多年時間治水；孟子從仁的角度出發，認為不應該把洪水引導到別國，禍害他人，當中所說的便是「己所不欲，勿施於人」的道理。

戰國時期

白圭和孟子談起大禹治水的事……

孟子　　　　白圭

讓我來治水肯定做得比大禹好。其實只需要修築河堤，便可把洪水引導到鄰國去，這樣做不是省事得多嗎？

你錯了！大禹把洪水排到大海去，你卻排到鄰國去。這種損人利己的行為，只會被仁者所厭惡。

名言活用 ✏

　　孔子提出「己所不欲，勿施於人」，教導我們做人處事時必須保持「同理心」，懂得體諒他人。以下的寫作題目要求以自身經歷帶出這句名言背後的道理。寫作的關鍵是先了解名言的真正意思，並清楚交代自己體會這道理的經歷。寫作的重點在於「經歷」，因此文章宜通過比較經歷前後的思想變化，突出事件帶來的影響。

題目　寫一次令我明白到「己所不欲，勿施於人」這道理的經歷。

示例

　　「己所不欲，勿施於人」這道理雖然耳熟能詳，但在我眼中，卻是過於理想了。我總認為，別人的痛苦，我未必能夠感同身受，這樣，我又怎能將心比己呢？然而，經過今天老人院的義工活動，我好像逐漸明白到這句話的真諦。

　　其實，我從沒想過要到老人院當義工。畢竟聽着老人家談往事，喋喋不休的我啊你啊一直說下去，我只感到厭煩。可是今天，在「加操行分」的利誘下，我終於踏進老人院的大門。

　　甫進門，悶熱的空氣隱隱散發着老人的尿騷味，偶爾更傳來濃痰卡在喉嚨吐不出來的咳嗽聲，一聲又一聲，好像快要撕心裂肺似的。我當下

🎯 增分點

✪ **善於選材，提升文章立意**：相較吃喝玩樂、遊山玩水等個人瑣事，一些與社會大眾有關的題材，如參與義工活動，寫作的價值顯然較高。

✪ **善用多感官描寫，使描述細緻深刻**：透過嗅覺與聽覺等感官描寫，細緻刻畫令人厭惡的情境，使讀者彷彿親歷其境，留下深刻印象。

心中一沉，看來接下來的三小時會非常難熬。

　　過了一會，社工安排我陪伴陳婆婆吃午飯。陳婆婆倒是挺開朗的，**東拉西扯**無所不談，提起孫兒時，她更樂得眼睛瞇成一線，連飯也不記得吃了。陳婆婆率真的個性，令我本來**鬱悶**的心情稍稍舒暢一點，也許是我太先入為主了，也許老人不一定是**難纏**的。

　　正當我推着輪椅送陳婆婆回房間時，她忽然失禁，排泄物更濺到我的鞋面！我立時後退一步，差點便衝口而出：「怎麼搞的，真麻煩！」然而，剛要抱怨的我只見陳婆婆默默低下頭，雙眼盯着地板，**儼如**做錯事的孩子般，迴避我的視線。我望着她**瑟縮**在輪椅上，本已瘦弱的身軀更形渺小。她本來健談爽朗，這刻，到底是她老化的身體還是我厭惡的目光令她難堪？

　　想到這裏，**心坎**有所觸動，我不禁輕歎了一口氣。也許，暮年的我會跟陳婆婆一樣無助，也許，我也會像她一樣蜷縮在輪椅上，也許，我會同樣迴避他人的視線。不過，此刻我至少可以不使她難受。終於，我把要說出口的指責生生止住，因為，我醒覺到，罵語是傷害老人的利刃。想到自

★ **細緻描寫心理，突出情感變化：**仔細刻畫心理狀況的改變，如從感到麻煩轉而感到失落、慚愧，然後悟出道理，改變以往的觀念，能使情感變化真實自然。

己若有一天遭人嫌棄，那柄傷人的匕首同樣會割傷自己，我的心頭便不禁一顫，「己所不欲，勿施於人」說的就是這道理吧？於是，我拍拍陳婆婆的肩膀，蹲下身，拉着她滿佈斑點的手，安慰她說：「不要緊，真的不要緊。」

陳婆婆趕忙抱了抱我，輕輕地說：「謝謝你，謝謝你沒有嫌棄我。」我先是一愣，接着感到一股悲傷。我詫異的是沒料到陳婆婆會為了這樣的小事而向我道謝，悲哀的是她也許早已被無數罵語形成的利刃劃過，遺下長長短短的疤痕，並且習以為常。我苦笑着搖搖頭，道：「不，我該謝謝你。」陳婆婆不明所以，但仍掛着**可掬**的笑容目送我離開。我希望，在沒有傷害她的同時，也能撫平她的傷痕。

經過這次探訪，我忽然覺得自己長大了那麼半點，至少曉得人與人之間應該互相尊重，也明白了「己所不欲，勿施於人」的道理。多為別人着想，原來能讓自己和別人都快活一點。陳婆婆，謝謝你讓我學會尊重別人。

✿ 運用首尾呼應，點明題旨：再次點出名言的道理，呼應題旨，並說明「己所不欲，勿施於人」的原因，例如尊重別人、人生而平等、人皆有惻隱之心等。

2 過而能改，善莫大焉。

《左傳・宣公二年》

名言溯源

古文

晉靈公不君，厚斂以彫牆，從臺上彈人，而觀其辟丸也。宰夫胹熊蹯不熟，殺之，寘諸畚，使婦人載以過朝。趙盾、士季見其手，問其故而患之。將諫。士季曰：「諫而不入，則莫之繼也。會請先，不入，則子繼之。」三進及溜，而後視之，曰：「吾知所過矣，將改之。」稽首而對曰：「人誰無過？過而能改，善莫大焉。《詩》曰：『靡不有初，鮮克有終。』夫如是，則能補過者

今譯

晉靈公違反為君之道，徵收重稅來修建華美的牆壁；從高臺上用彈丸射人，看他們躲避彈丸來取樂。廚子燉熊掌燉不熟，晉靈公便殺了他，放在草筐裏，命令宮女抬着走過朝廷。趙盾和士季看到屍體的手，問起他被殺的緣故，為此感到擔心，並準備進諫。士季說：「若你勸諫國君而他不接納，就沒有誰能接着勸諫了。請讓我先去，假如國君不接納，你再接着勸諫。」士季往前走了三次到達屋簷下，晉靈公才理睬他，說：「我知道自己所犯的過錯了，打算改過。」士季叩頭回答說：「誰沒有犯過錯？犯了過錯而能夠改正，沒有比這更好的事了。《詩經》說：『事情不難有個開始，但很少能堅持到底。』像《詩經》這樣說，能夠彌補過錯的人就很少了。君王能貫徹始終地改過，那麼

鮮矣。君能有終，則社稷之固也，豈惟群臣賴之。又曰『袞職有闕，惟仲山甫補之』，能補過也。君能補過，袞不廢矣。」

《左傳‧宣公二年》（節錄）

江山就會穩固，豈只群臣有所依賴？（《詩經》）又説『周宣王有過失，只有宰相仲山甫能夠彌補』，這是説周宣王接受大臣規勸，能彌補過錯。君王能夠彌補過錯，君位就不會丟失了。」

小百科

▷ 《左傳》

　　《左傳》又名《春秋左氏傳》，是一部為《春秋》補注的編年體史書，共三十五卷。《春秋》是一部記述春秋時期魯國二百多年歷史的史書，由孔子撰寫，言簡意賅，寓有褒貶，全書記事簡略，少則一字，多則不超過四十五字，故古人曾撰書以解釋和説明《春秋》，而這種補注典籍的書稱之為「傳」，《左傳》即屬一例。《左傳》雖然是解説《春秋》的著作，但本身的史學和文學價值極高，它繼承了《春秋》精練的筆法，對歷史作出評價，自成一家，是一部出色的史書。另外，《左傳》也長於敍事，善於描寫細節，情節富有戲劇性，尤其善於描寫戰爭場面，是一部優秀的文學作品。

▷ 《詩》

　　士季曾兩次引用《詩》的句子來勸諫晉靈公，委婉地勸他改過。這裏的《詩》指《詩經》，是我國最早的詩歌總集，收集了周朝的詩歌，有「風」（民間詩歌）、「雅」（宮庭宴享或朝會的樂歌）、「頌」（祭祀舞曲）三類作品。在古代，很多場合都會引用《詩經》以美化辭令、委婉地表達情意，例如典禮、饗宴、進諫、外交場合等。孔子認為《詩經》具教化作用，能做到「興」（抒發情志）、

「觀」(觀察社會和自然)、「羣」(結交朋友)、「怨」(諷刺不平之事),因此有「不學《詩》無以言」的說法。到漢代,《詩經》更被奉為儒家五部經典之一,成為學子必讀的典籍。

▷ **晉靈公** (約公元前 624-前 607 年)

晉靈公是春秋時期晉國的君主,趙盾和士季分別是他的宰相和將軍。晉靈公殘暴昏庸,荒淫無道,士季曾力諫他「過而能改,善莫大焉」,晉靈公答應了,但隨即又故態復萌,屢勸不改。然而趙盾沒有放棄,不斷向晉靈公進諫,因此開罪了他,招來殺身之禍。晉靈公曾派鉏麑暗殺趙盾,鉏麑不願殺害忠義的趙盾而撞樹自殺;及後晉靈公設宴招待趙盾,打算暗中派兵殺害他,幸好趙盾的部下提彌明得知後設法相救,保趙盾周全。晉靈公知錯不改,引起朝中上下不滿,最終被大臣所弒,在位僅十四年。

▷ **袞**

袞是古代天子祭祀時所穿的衣服,繡有龍的圖案,後被借代為天子,並衍生「袞職」(天子的職位)、「補袞」(大臣規勸天子彌補過失) 等詞語。

名言共賞

從《左傳‧宣公二年》的記載可見，晉靈公是一個荒淫無道的國君，不但徵收苛捐重稅，還草菅人命，實在罪大惡極。後來他接受大臣士季的勸諫，打算改過，士季說他「過而能改，善莫大焉」。人難免會犯錯，最重要的是正視過錯，並貫徹始終地改過，這已經是難能可貴的事。俗語也有云「浪子回頭金不換」，一個誤入歧途的人若能知錯改過，是比得到黃金還要值得高興的事。

「過而能改」是儒家提倡的品格之一，更是成為君子的要求。孔子曾言「過則勿憚改」，知道自己犯了過錯，就要勇敢面對，不要害怕改過。古人更強調知錯就要馬上改過，《孟子‧滕文公下》就用了一個偷雞的故事，說明知錯而沒有即刻改過，非君子所為：有個人每天都偷鄰居的雞，別人說這不是合乎道德的行為，勸他不要再做，他竟說會漸漸減少偷雞的次數，直至明年才罷手。別人指責他既然知道自己的行為不對，應該馬上改過，而不是待明年才改。儒家認為比犯錯更嚴重的「過失」是「過而不改，是謂過矣」，知道自己犯錯而不改過，這才是真正的過錯。

中國歷史上有很多知錯能改的名人，為人熟悉的有「負荊請罪」的廉頗。戰國時期，趙國的藺相如以其出眾的口才取回被秦國奪去的和氏璧，趙王封他為上卿，地位比曾立戰功的大將軍廉頗還要高，廉頗因此心有不甘，常常借故羞辱藺相如，而藺相如則處處忍讓。藺相如的門客以為藺相如怯懦，紛紛向他請辭，藺相如阻止門客，並解釋秦國顧忌自己和廉頗而不敢攻趙，如果他倆相爭，就有可能影響國家安危，他不會為了私怨而使國家蒙難。這番話傳到廉頗耳裏後，廉頗明白到自己的不是，於是脫下衣服，背上荊鞭，到藺相如府請罪，最後兩人冰釋前嫌，成為知交好友。

名言活學

人生在世，難免有做錯事的時候，只要我們承認過錯，並幡然悔改，也是值得欣賞的。然而，「過而能改，善莫大焉」這句名言實踐起來，不論是自我悔改或原諒他人，又是否容易做到？

小兄弟離家出走揭醉駕悲劇

【本報訊】前天深夜，警方發現一對九歲及六歲的小兄弟流浪街頭，揭發一宗醉駕悲劇。六年前，小兄弟因父親被一名酒後駕駛的男子撞斃，從此與母親相依為命，其母平日忙於工作，缺乏時間照顧小兄弟，他們疑因百無聊賴，便擅自取去家中金錢，到街上購物遊蕩。撞斃小兄弟父親的男子接受本報訪問時，表示後悔並稱已改過自新，期望小兄弟聽話，不要讓母親擔心。

✪ 對於一些影響深遠的過錯，即使決心改過，是否一定能彌補過失？

更生人士就業障礙多

【本報訊】社區組織協會上月訪問了510名更生人士，發現不少受訪者受雇主歧視而找不到工作。84.6% 的受訪者表示雇主曾查問自己的刑事犯罪紀錄（案底），當中超過五成人如實向雇主坦承自己有案底，結果有86% 的人不獲聘用。受訪者中更有70.5% 表示曾遇到歧視，當中包括不獲聘用、受到雇主懷疑等，有約一成人甚至被解雇。

✪ 原諒曾犯錯的人是否容易做到？

名言活用 ✏️

　　以下是一篇議論文，題目要求我們表達對「律己以嚴，待人以寬」這句名言的看法。這句話包含修身和待人兩種態度，寫作時不論是完全同意、部分同意還是反對這句話，都必須有條理地闡述自己的看法，並以例子佐證。論及修身處世的道理時，如能適當引用相關的經典名句，便能言簡意賅地增加說服力。

> **題目**　談談你對「律己以嚴，待人以寬」的看法。

示例

　　從古聖賢的典籍中，今人得出「律己以嚴，待人以寬」的道理。這句話可分為兩部分，前半句是修身方法，指人應該嚴格地約束自己，力求進步；後半句是處世方法，指人應該寬厚地對待別人，不強人所難。「律己以嚴，待人以寬」一點也不容易做到，但若能在生活中實踐，必定**裨益無窮**。

　　要成功，「律己以嚴」是不二法則。戰國時期，蘇秦遊說秦王失敗後，回到家中日夜讀書鑽研學問，以求東山再起。蘇秦對自己非常嚴格，經常**通宵達旦**地讀書，為免睡覺拖慢讀書進度，不惜**懸樑刺股**。最終蘇秦學有所成，成功遊說秦國以外六個國家的君主共同抗秦，除了一雪前恥外，

🎯 增分點

✪ **開門見山，節奏明快**：先解釋題目意思，然後明確表示個人立場，緊接開展下文，使文章節奏明快。

✪ **積累史例，信手拈來**：論說觀點時用上歷史人物故事，不但能加強說服力，還能提升文章趣味，平日宜多閱讀，以積累這些故事為寫作素材，寫作時便能信手拈來，得心應手。

還得到六國君主的重用，最終名成利就，流芳百世。可見嚴格要求自己，重複審視自己的弱點，然後找出相應的改善方法，我們就能不斷進步，甚至推動整個社會的發展。

歷史上，許多政權的**更迭**都是因為在位者「律己以寬」而致，這些在位者以過於寬鬆的態度來約束自己，更甚者是毫無約束，商紂就是一個縱情享樂、不理國事、遺臭萬年的昏君，也是商朝最後一個君主。他喜好美色，不斷從各地挑選美女入宮，又興建酒池肉林，不分畫夜地取樂，使國家民不聊生，怨聲載道。最終商朝被推翻，商紂也只落得一個**自戕**而亡的下場。「律己以嚴」能使人遠離誘惑，避免墮入放任而招致滅亡的陷阱。

毫無疑問，嚴以律己是使人進步的動力，然而，為甚麼我們要嚴格地約束自己，卻寬厚地對待別人呢？孔子曾言**「躬自厚而薄責於人，則遠怨矣」**，寬厚待人可以締造和諧社會。人總是批評別人多於自我反省，若不提醒自己寬厚待人，便很容易變成「苛刻鬼」，引起人事糾紛。一個人若能寬厚待人，接受別人做得不夠好的地方，給予人「**過而能改**」的機會，那麼大家都會樂意跟他合作，「待人以寬」顯然是有利團隊合作的。

> ⭐ **正反論證，說服力強**：文章論證「律己以嚴」和「待人以寬」這兩個論點時，均以「正一反」模式論證，先運用舉例論證證明論點，然後運用反面論證，指出論點對立面的弊端。運用正反論證，能加強論點的說服力。

如果凡事「待人以嚴」，無時無刻都要求別人力臻完美，恐怕沒有人能吃得消，更可能會顧此失彼。現今有家長採取「待人以嚴」的方式教育子女，時刻要求子女取得優秀的成績，新聞曾報道過一些小學生因考試成績達不到父母的要求而終日鬱鬱寡歡，甚至企圖自殺。「待人以嚴」的時候，如何拿捏「嚴」的準則，顯然也是一門學問。

要適當地實踐「律己以嚴，待人以寬」的道理並不易。若未能掌握分寸，律己過嚴，只會弄得自己整天精神緊張，深恐稍有差池，未能達到理想；待人過寬，則有可能會縱容懶散、無恥之徒，讓他們有恃無恐，每況愈下。其實「嚴」和「寬」的標準因人的能力、態度而異，大抵以達致進步、融洽為大前提。若人人都盡力實踐這個道理，整個社會就能少一點磨擦，多一點進步。

> ✪ 反思題目，提升文章層次：在文章結尾反思實踐道理時的困難和方法，豐富文章內容，提升文章層次。

17

3 生於憂患，死於安樂。

《孟子・告子下》

名言溯源

古文

孟子曰：「舜發於畎畝之中，傅說舉於版築之間，膠鬲舉於魚鹽之中，管夷吾舉於士，孫叔敖舉於海，百里奚舉於市。故天將降大任於是人也，必先苦其心志，勞其筋骨，餓其體膚，空乏其身，行拂亂其所為，所以動心忍性，曾益其所不能。人恆過，然後能改；困於心，衡於慮，而後作；徵於色，發於聲，而後喻。入則無法家拂士，出則無敵國外患者，國恆亡。然後

今譯

孟子說：「虞舜在田畝間發迹，傅說從築牆的苦役中獲提拔，膠鬲在魚鹽的買賣之中獲提拔，管仲於監獄中獲提拔，孫叔敖隱居在海邊被發掘，百里奚從市場上被贖回。因此，上天將要把重大使命降落到某人身上時，必定先使他的意志受到磨練，使他的筋骨勞累，使他的身體忍受飢餓之苦，使他倍受窮困之苦，讓他做事總是不能順利。這都是上天用來激勵他的心志，使他的性情變得堅強，增加他所缺乏的才能。人往往犯了過錯，然後才曉得改過；因內心困苦，思慮阻塞，然後才能有所作為；察覺他人臉色上有所不滿，發現他人言語上有所勸戒，然後才醒悟。國家內沒有能堅守法度的大臣和輔助君主的賢士；國外沒有敵對的國家和外來的禍患，這樣的國家往往會滅亡。由此可知，人

知生於憂患，而死於
安樂也。」

《孟子・告子下》（節錄）

處身憂愁禍患之中，常能發憤圖強，因
而求得生存，沉溺於安樂之中，反而會
招致滅亡。

小百科

▷ 孟子（公元前 372-前 289 年）

　　孟子，名軻，字子輿，戰國時期的政治家和思想家，師承孔
子之孫子思的門人。他建立了完整的儒家思想體系，是儒家思想
的繼承者和發揚者，後人認為他在儒家的地位僅次於孔子，故尊
稱他為「亞聖」。孟子曾周遊列國遊說各國君主接受其政治思想，
卻不得要領，於是轉而著書講學。他曾提出「性善」的人性觀和
「民本」、「仁政」等政治思想。

▷《孟子》

　　《孟子》是一部語錄體的著作，記述了孟子的主張，是儒家的
經典作品之一。《孟子》共載七篇，篇名均取自各篇開首的數個
字，沒有特別含意。每篇各分上下兩章，全書共有十四章。各篇
文章氣勢磅礴，文詞尖銳，表達出孟子憂國憂民的思想情感，以
及推崇仁義的堅定信念。

　　《孟子》成書之初不太受人重視，漢代士人只把它列入子書
（諸子百家著作），而不是經書（儒家經典著作）。直到五代十國時
期，後蜀君主孟昶把《孟子》連同其他經書刻進碑石，《孟子》的
地位才得到提升。到了宋代，大儒朱熹把它跟《禮記》的〈大學〉、
〈中庸〉兩篇和《論語》合稱為「四書」，後來「四書」更成為科舉考
試的指定內容，《孟子》也因此成了中國古代士人必讀之書。

名言共賞 📖

　　在《孟子・告子下》中，孟子先列舉了虞舜、傅說、膠鬲、管仲、孫叔敖、百里奚等六人的事迹，說明這些聖人均出身自艱難困苦的環境，然後進一步推論：「故天將降大任於是人也，必先苦其心志，勞其筋骨，餓其體膚，空乏其身，行拂亂其所為，所以動心忍性，曾益其所不能。」意思是每當上天要把重大的責任賦予某人前，必先使他遭受磨練，以激勵他的心志，使他的性情變得堅忍，增加他本來所欠缺的能力。孟子注意到憂患跟磨練對成功所起的作用，所以他才說：「生於憂患，死於安樂」。

　　「生於憂患，死於安樂」指充滿憂愁禍患的環境會磨練人的意志，使人發憤圖強，尋求生存；安樂的環境則會消磨人的意志，使人沉溺於安穩之中，最終招致滅亡。孟子認為愈艱苦的環境愈能激發人的求生意志，人在逆境中求生，不論在心志、性情和能力方面都會有所成長，以至能擔當重任，建功立業。因此，人若能常備「憂患意識」，提高危機感，不但能警醒自己，避免潛在的風險，更有助邁向成功。反之，終日沉醉在安逸快樂之中，喪失警惕，很容易會招來損失，甚至重大災禍。把這種「憂患意識」推展至治國之上，舉國上下若長期沒有憂患和威脅，沉醉於太平盛世的安穩之中，當危難來臨時，只會無力招架，最終踏上國破家亡之路。

　　「生於憂患，死於安樂」這句名言，影響了後世不少哲士賢人的修身治國理念，例如北宋范仲淹提出品德高尚的士子要「先天下之憂而憂，後天下之樂而樂」（〈岳陽樓記〉），歐陽修在《新五代史・伶官傳序》云「憂勞可以興國，逸豫可以亡身」；明代劉基在《百戰奇略・忘戰》提醒治國者要「安不忘危，治不忘亂」，這些居安思危的觀念，顯然都是演化自孟子的憂患意識。

名言活學

「生於憂患，死於安樂」指出惡劣環境可以激發人求生的本能，使人為了改變生活而奮發向上。這觀念應用到現代社會和日常生活之中，可有值得反思或留意的地方？

父母過分溺愛　　港孩問題嚴重

【本報訊】最近有調查指出，部分香港孩童因父母過分溺愛而缺乏自理能力，例如有孩子從不吃有骨的魚肉，要家長先把魚骨挑出才肯進食；有孩子因為只吃過已削皮切好的蘋果，而誤以為蘋果是白色的；更有小六學生不懂繫鞋帶，需依賴工人協助。調查結果令不少父母震驚，憂慮孩子的自理能力愈來愈低。現時不少家庭只有一名小孩，父母溺愛孩子似乎變得理所當然，更甚者是把子女當成父母般「孝順」，不禁令人反思本港父母是否過度溺愛子女。

✪ 在父母過分溺愛的環境下長大，對孩子的成長有甚麼影響？

家貧狀元　　刻苦成才

【本報訊】本屆文憑試狀元成功入讀香港大學醫學院，一圓成為醫生的夢想，也償了母親夙願。考獲中學文憑試七科 5** 的佳績的謝楚灝，自言家境清貧，猶記得當年升讀中學，家人為了讓他入讀心儀的直資學校，不惜節衣縮食以籌措學費。及後為了應付學習上的各項開支，他更要在暑假當搬運工人，以掙錢買英文課外書。最終他不負眾望，勤學成才。

✪ 惡劣的環境對孩子的成長有甚麼影響？成長環境是決定一個人成就高低的關鍵嗎？

名言活用 ✎

以下題目要求分析現今孩子的自理能力與成長環境的關係。寫作時，不論贊成或反對題目的觀點，也須先交代成長環境與自理能力的關係，並與其他因素如父母管教的方式比較，然後作出合理的分析和判斷。

> **題目** 有人認為新一代香港兒童的自理能力較差，主要的原因是他們成長的環境太好所致。試談談你的看法。

示 例

近年，社會上出現了「港孩」這個稱呼，用來形容嬌生慣養，自理和抗逆能力較差的香港兒童。新聞曾報道，有小六學生連繫鞋帶、剪指甲和洗澡等基本的自理能力都缺乏，情況令人吃驚。有人把這些「港孩問題」歸咎於現今孩子的成長環境太好，導致他們沒有好好地培養自理和處事能力。我認為，成長環境只是導致「港孩現象」的誘因，孩子會否成為「港孩」，關鍵在於家長的管教方式。

無可否認，成長環境對孩子的自理能力有一定的影響。香港經濟在二十世紀七、八十年代急速發展，香港的政治制度、經濟體系、福利政策等漸趨完善，使不少香港人的生活日

🎯 增分點

✪ **妙用時事作引入：** 以時事引起話題，既能詮釋文題，也能顯示個人識見，以及對題目透徹了解。

✪ **理清討論重點，突出「主因」：** 即使對命題有不同的看法，也不一定是全盤反對。留意命題中「主要原因」一詞，下筆時可先把成長環境歸納為導致「港孩現象」的「誘因」，開

漸穩定下來。不少出身基層的市民憑着苦幹捱出頭來，物質生活也漸漸變得豐裕。**前人種樹，後人乘涼**，家庭生活改善，這一代人成為父母後，管教子女的觀念和模式也因而有所改變。他們若力所能及，不論在學習、玩樂、生活起居方面都盡力滿足孩子的需要，致使現在一談到「港孩」問題，大家就歸咎於這些「港孩」生活得過於安穩豐盛，因此**不思進取**，競爭力降低。

不過，孩子活得豐足，還不是靠父母支持？孩子會否變成「港孩」，關鍵在於家長的管教方法。「港孩」的父母大致可分為兩類：第一類是有着補償心態的父母。在童年曾吃苦的父母，一般都希望給予下一代最好的生活條件，使子女能在安逸的環境中健康成長。這些父母辛勤工作，給子女充足的物質享受，卻往往忽略鍛煉孩子的自理能力。不少父母更聘請外籍傭工代為照顧子女，外傭因着雇傭關係，即使孩子犯錯，她們也多是**唯命是從**，順着小主人的心意做事，鮮有**直斥其非**。孩子習慣了嬌生慣養，慢慢就變成了「港孩」。

另一類家長是過度關心子女的「直升機家長」——他們像直升機一樣在子女的上空盤旋，隨時空降幫助子女解

啟下文，帶出「主因」，使討論層層深入，條理分明。

✿ 多角度論述，內容完備：可把常見的家長管教方式分類，指出各項由家長造成「港孩」問題的原因，例如補償心態、工作繁忙、過分關心等；也可舉出子女在富足的環境下成材的例子，以證明題目的論述不完全正確。運用多樣的論證方法，從不同角度論述觀點，令文章內容更完備。

決問題。這些父母因為不想孩子落後在人生的起跑線上，通常會為他們安排各式各樣的課外活動，關顧子女的大小事務，用盡方法替孩子「增值」。誰知**弄巧反拙**，父母為孩子安排過於周密的計畫或時間表，反而令子女失去獨立判斷與思考的空間。孩子只懂得跟從父母設計的行事曆生活，哪裏還有時間去學習自理能力呢？

家長過分緊張和呵護，導致孩子過分依賴的情況**屢見不鮮**。2010 年 12 月歐洲一場大風雪，使倫敦希斯路機場癱瘓，大批準備返港度寒假的留學生滯留機場，部分學生家長因而緊張得**聲淚俱下**，到處投訴，甚至要求香港政府派出專機接回孩子。父母關愛孩子乃人之常情，但當子女無論遇到甚麼困難，父母都立刻**挺身而出**；不管要求是否合理，只要是為了子女的權益便**動輒**投訴——以為這些都是保護孩子的表現嗎？不，這樣不但會錯失培養孩子獨立處事的機會，更會影響孩子判斷是非的價值觀。

反觀環境優越的家庭，只要管教得宜，也能使孩子學會獨立，甚至成材。香港首富李嘉誠先生，他在兩個兒子只有八、九歲時便讓他們參與董事會會議，學習分析和解決問題。兒子初進公司工作時，李嘉誠先生只安

排他們做初級職員，跟隨資深員工學習，積累驗經。經過一段日子，二人做出好成績後，李先生才擢升他們。如今，他們分別成為地產開發及金融投資界別的傑出人物。由此可見，家長管教的方式對子女有**舉足輕重**的影響。

古語有云：「**生於憂患，死於安樂。**」上一代香港兒童生活在條件不佳、充滿憂患的環境中，於是他們**自力更生、獨立處事**；新一代香港兒童**衣食豐足**，卻猶如溫室盆栽，受盡家長**百般呵護**和照顧。溫室小花不堪折，築起這些溫室的家長也脫不了責任。

✪ 巧設比喻作結：以恰當的比喻重申論點，為文章作結，收點睛之效。

4 知恥近乎勇

《禮記‧中庸》

名言溯源

古文

子曰：「好學近乎知，力行近乎仁，知恥近乎勇。知斯三者，則知所以修身；知所以修身，則知所以治人；知所以治人，則知所以治天下國家矣。

《禮記‧中庸》（節錄）

今譯

孔子說：「喜歡學習就接近智，努力行善就接近仁，懂得羞恥就接近勇。知道這三件事，就會知道怎樣修養自己；知道怎樣修養自己，就知道怎樣治理他人；知道怎樣治理他人，就知道怎樣治理天下和國家了。」

小百科

▷ 《禮記》

《禮記》是中國儒家經典之一，收錄了戰國時期至漢初孔子學生、其門人及儒學學者的議論作品，內容包括禮制和儒家哲學兩部分。全書以散文寫成，有的用短小生動的故事闡明事理，有的氣勢磅礴、結構嚴謹，有的言簡意賅、意味雋永，有的具豐富的心理描寫，還載有大量富哲理的格言和警句，精闢而深刻，極具文學價值。

據《漢書‧藝文志》記載，《禮記》原有一百三十一篇，及至西漢時，儒生戴德及其姪戴聖分別編注《禮記》。戴德傳記八十五篇，後人稱《大戴禮記》，戴聖傳記四十九篇，稱《小戴禮記》。東漢大儒鄭玄只為《小戴禮記》作注，因此世人多重視《小戴禮記》，《大戴禮記》因不被重視而散佚，現僅存三十八篇。《小戴禮記》通行後，「禮記」便成為專指《小戴禮記》的名稱。

▷ 〈中庸〉

〈中庸〉原是《禮記》第三十一篇，相傳由孔子的孫兒子思所著。「中庸」是儒家的哲學思想，「中」代表中和，「庸」代表平常，二字合起來便是「中和而可以經常使用」的意思，而儒家主張的「中庸之道」就是指無過無不及的處事方法。宋代學者特別重視〈中庸〉，朱熹更從《禮記》中抽出〈中庸〉、〈大學〉兩篇，與《論語》、《孟子》合編成《四書章句集注》（又稱《四書》）。

▷ 好學

「好學」指喜歡學習讓人擁有智慧，是儒家主張的修身方法之一。儒家認為沒有人是天生的智者（知者），只有喜歡學習且堅持不懈的人，才能一直增進知識，彌補天生的不足，成為學識淵博的智者。智者知曉萬物道理、人倫之序，不會受到迷惑，能幫助君主解決疑難，因此「好學」是成為國家棟樑的最基本條件。

▷ 力行

「力行」也是儒家主張的修身方法，指通過努力行善而做到「仁」，即與人相親相愛。儒家所提倡的修身處世之道都以「仁」為目標，認為努力實踐仁德的人都具有犧牲精神，處事合乎仁義，不計較個人得失，做事問心無愧，也不會感到憂慮。當人「努力實行仁德」時，也自然能妥善地協助君主治理國家。

名言共賞

孔子曾說過:「知者不惑,仁者不憂,勇者不懼。」也就是說,做到智、仁、勇三者 (三達德),就有不惑、不憂、不懼的能耐,而「好學近乎知,力行近乎仁,知恥近乎勇」便是孔子對「三達德」的闡釋。當中「知恥近乎勇」意指懂得羞恥的人便無異於真正的勇敢。孔子把知恥與勇敢等同,是因為他認為人若懂得羞恥,便會正視自己的過失,然後勇於改過。當人明白恥辱帶來的教誨,勇於改過自新時,再配合智和仁等美德,便可做到修身、齊家、治國,甚至平天下。

儒家典籍常提到「恥」,即「感到羞恥」的意思。孟子說:「人不可以無恥。」人在做錯事或受到批評指責時,應感到羞恥。這樣,人才會留意到自己的過失,痛改前非,力臻完善。孔子曾言:「行己有恥,使於四方,不辱君命,可謂士矣。」一個人要稱之為「士」,須時刻以羞恥心來規範自己的行為,以不負君主的使命。可見,是否知恥,乃儒家衡量一個人是否合乎道德價值的重要指標。至於儒家所言的勇,不是橫衝直撞的匹夫之勇,而是建基於仁,由仁心推動而來的品德,因此儒家提倡見義勇為,以勇德成就義舉。不過,行勇時須合乎「禮」,以禮為進退取捨的依歸,才不致沒有約束。

以下的小故事,正是「知恥近乎勇」的示範。越王勾踐曾因一時自滿,不聽羣臣勸告,執意攻打吳國,結果慘成吳國俘虜,身份地位毀於一旦。幸而,勾踐能忍辱負重,最終獲釋。回國後,這奇恥大辱沒有使他一蹶不振,反而讓他終日緊記當階下囚的痛苦,改掉昔日輕視敵人的毛病,更每天臥薪嘗膽,提醒自己勿忘恥辱。最後,他成功打敗吳王夫差,成為春秋霸主。越王勾踐時刻把昔日過錯引以為戒,勇於反省和改過,可說是「知恥近乎勇」的代表人物。

吳國與越國開戰，吳國戰敗，率軍的吳王闔閭傷重身亡。

闔閭之子夫差即位後，勵精圖治，親率大軍攻打越國。

夫差

越王勾踐被勝利沖昏頭腦，不聽大臣的勸阻，輕視吳國。

勾踐

勾踐在沒有充足準備下倉促迎戰，慘敗吳軍手上。

吳軍不但攻破越都會稽，更將勾踐俘虜到吳國，做夫差的奴僕。

勾踐由一國之君淪為奴僕，受盡吳國君臣的羞辱，更曾在夫差生病時，親嘗他的糞便，替他檢查病況。

勾踐忍辱負重，終騙得夫差的信任，獲釋放回國。

回國後，勾踐刻意製造艱苦的生活環境，不時臥在柴草上舔嘗苦膽的味道，以提醒自己在吳國受過的恥辱。

他還訓練軍隊，時刻為反攻吳國而努力。

終於，勾踐覷準夫差北上爭霸的好時機，率軍攻破吳都姑蘇。

夫差最後自殺身亡，吳國滅亡。

勾踐隨後北上與中原諸國會盟，終成為春秋時期的最後一任霸主。

名言活用 ✎

　　「知恥近乎勇」包括了「知恥」和「近乎勇」兩個部分：「知恥」是指人在犯錯後會感到羞恥，「近乎勇」指人有「知恥的心」是迹近勇敢的表現。以下一篇文章論及對「知恥近乎勇」這句話的看法，下筆前，宜清楚了解名言的意思，然後從不同的範疇和角度表達自己對這句話的看法，否則便會文不對題。

題目　知恥近乎勇

示例　　　　　　　　　　　🎯 增分點

　　「知恥近乎勇」一語出自〈中庸〉，孔子這句話，意思是人若有羞恥之心，就**迹近**勇敢了。人會知恥，是因為人懂得反省過錯，從中生出愧疚之心，而這愧疚之心便成為人勇敢面對過錯，以至**改過遷善**的動力。人能知恥，才能自省自勉，**揚棄**舊我。孔子認為，這種知恥的表現，值得尊敬，也是「勇」的表現。

　　　先從反面例子觀之。明代劉基的〈賣柑者言〉記述了一個賣柑者在市場中以高價出售**金玉其外，敗絮其中**的柑子。當劉基指責賣柑者欺騙顧客時，賣柑者表示他一直都這樣做，不認為有甚麼問題。這個賣柑者就如孟子所言：「無羞惡之心，非人也。」羞恥

> ✪ 引用相關名言，增強説服力：引用儒家學者孟子的名言，指出人能知恥的重要，加強論點的説服力。

之心，是人所應有的，人若不知恥，就很容易犯錯而不自知，弄得醜態百出，為人所鄙視。在歷史上，**恬不知恥**者大有人在，五代的馮道，**見風使舵**，**阿諛諂媚**，毫無骨氣，歷奉五朝、八姓、十三帝，他曾在晚年寫下一篇自敘，將他歷代當過的官職一一列舉並引以為傲，自號為「長樂老」。他這種行徑為歷代史家所不齒，歐陽修就曾在《新五代史》中指斥馮道「不知廉恥為何物」。馮道不知羞恥，不但一生甘為八姓家奴，更落得千古罵名。

前文提及的賣柑者，他的自辯其實不止於此，他對劉基說，欺騙人的不止是他，滿朝文武，大都名過其實，**尸位素餐**，金玉其外，敗絮其中。所謂上樑不正下樑歪，身居高位而恬不知恥者，只會導致**上行下效**，使整個社會的人都沾染這不知恥的習氣。

再從正面例子觀之。戰國時，趙國的藺相如因澠池之會而獲拜為上卿，位列於將軍廉頗之上，廉頗深深不忿，對外宣稱一旦見到藺相如，必對其大加羞辱。藺相如得知後，就一直避開廉頗。藺相如的門客質疑他膽小如鼠。藺相如對眾門客說：「我在澠池之會中，也敢在大殿上叱喝秦王，現在又怎可能會怕廉將軍？只是若果我公然跟廉將軍鬧翻，秦國就會有機

> ✪ 運用故事形式表達，增加吸引力：以對話交代情節，以故事說明道理，能引起讀者的閱讀興趣。

可乘。我躲避廉將軍，不過是以家國大事為重，而不是懼怕他。」廉頗得知此事後，感到十分羞恥，於是他袒露背部，負着荊棘到藺相如門前謝罪。「知恥」使廉頗這位征戰沙場多年的老將勇敢地面對錯誤，放下尊嚴，向藺相如負荊請罪，並獲得了友情。

「知恥近乎勇」這句話同樣適用於社會、國家的層面。德國曾發動第二次世界大戰，屠殺六百萬猶太人，在世界各地造成極大的傷亡。如此巨大的過錯，實在不容易承擔，但德國人卻勇於認錯。二次大戰後，西德總理勃蘭特在華沙猶太區起義紀念碑前下跪，為在納粹德國侵略期間被殺害的死難者默哀。德國人以發動二戰為民族極大的恥辱，並公開向受害者道歉，坦承過錯。死去的生命固然無法復生，但德國人這份「知恥」的勇氣，起碼使受害者及其家屬得到心靈上的慰藉，也為民族染血的歷史洗去一點污垢，於人於己也有好處。

「知恥近乎勇」，對於個人修養、社會風氣，以至家國興亡，都有着極為重要的影響。犯錯是常事，只要在犯錯後有羞恥心，有承認錯誤的勇氣，有改過自新的行動，方能讓自己變成更好的自己，讓世界變成更好的世界。

> ✿ 引申觀點，豐富文章內容：把討論點引申至國家的層面，指出「知恥近乎勇」不只是個人自省的問題，而是整個國家和民族也需要明白的道理，令文章含蘊更見豐富。

5 少壯不努力，
老大徒傷悲。

漢樂府〈長歌行〉

 名言溯源

古文

青青園中葵，
朝露待日晞。
陽春布德澤，
萬物生光輝。
常恐秋節至，
焜黃華葉衰。
百川東到海，
何時復西歸？
少壯不努力，
老大徒傷悲！

漢樂府〈長歌行〉

今譯

生長茂盛的葵菜待在田園中，
清晨枝葉上的露水待陽光蒸發。
溫暖的春天向大地施與恩澤，
萬物在春天的滋潤下熠熠生輝。
萬物常常害怕秋季到來，
華美的花葉將會變得色衰枯謝。
天下的江河向東流入大海，
甚麼時候才會流回西方？
若我們年輕力壯時不盡力而為，
年老時就只能徒然傷心悲痛了！

小百科

▷ 漢樂府

「樂府」原本指漢代管理音樂的政府機關，後人把這個機關所收集及整理的合樂詩歌稱為「樂府詩」或「樂府」，「漢樂府」就是指漢代的樂府詩。漢樂府主要是民歌，語言淺白，貼近平民百姓用語，形式自由多樣。在內容方面，漢樂府「皆感於哀樂，緣事而發」，以反映當時的社會現實為主，所謂「饑者歌其食，勞者歌其事」，漢樂府歌唱人民的生活，充分表現了漢代社會的風貌，以及當時百姓的思想感情，著名的有〈十五從軍征〉、〈孔雀東南飛〉、〈江南〉、〈白頭吟〉等。

兩漢後，樂府仍盛行於魏晉南北朝；到了唐初，由於文人未能突破漢樂府舊有的形式與內容，這種詩歌逐漸沒落。及至中唐，白居易、元稹發起詩歌改革運動，希望通過詩歌反映民生現實和施政上的過失，而這種詩與漢樂府相似，故稱「新樂府」。相比漢樂府而言，新樂府不合樂，內容以時事為主，強調詩歌的諷諭功能，著名的作品包括杜甫〈兵車行〉、白居易〈長恨歌〉等。後來，凡是合樂的詩、詞、曲，或文人模仿樂府的作品都統稱為「樂府」，例如蘇軾的詞集《東坡樂府》、張可久的曲集《小山樂府》、馬致遠的曲集《東籬樂府》等等。

▷ 〈長歌行〉

「長歌行」是漢樂府其中一首曲調的名稱，「行」指樂曲，而「長歌」則指長緩的歌聲。「長歌行」這曲調多用來表達深遠沉重的思想感情，以上這首〈長歌行〉通過描寫自然萬物的盛衰變化，抒發對時光流逝的感慨。歷代以「長歌行」為題的作品很多，除了以上這一首，還有唐代李白的〈長歌行〉抒發年華逝去及仕途失意的慨歎；南宋陸游的〈長歌行〉則表達收復失地的宏願，以及未能實現理想的悲憤等。

名言共賞

人生匆匆數十載，時光飛逝有如白馬過隙，古人認為最珍貴的時間是年輕的日子，東晉陶潛在〈雜詩〉(其一)曾言：「盛年不重來，一日難再晨。及時當勉勵，歲月不待人。」唐代杜秋娘的〈金縷衣〉：「勸君莫惜金縷衣，勸君惜取少年時。花開堪折直須折，莫待無花空折枝。」都是勸人惜時的名作。樂府詩〈長歌行〉有一句「少壯不努力，老大徒傷悲」更是家喻戶曉，道出了不珍惜時間的後果，藉此寄望世人珍惜時間，特別是在精力充沛的少壯日子裏努力建功立業，以免老來回顧一生時，後悔自己曾經蹉跎歲月。

以別的事物作為引子，然後借此聯想，引出主題的寫作手法稱為「託物起興」，是中國文學中常見的寫作手法。〈長歌行〉就是藉日常所見之物，帶出把握少年時的忠告。詩中先寫春天園圃中枝葉凝着露珠的茂盛葵菜，並以這欣欣向榮的景象象徵人年輕的時期；「陽春布德澤」至「焜黃華葉衰」四句，描寫了花草由盛而衰的變化，暗示青春易逝；接着兩句，以流水一去不復返，比喻青春消逝不再，由此帶出「少壯不努力，老大徒傷悲」的勸勉。全詩以具體的景物來說明抽象的主題，讓讀者更易理解時光飛逝的道理。從大自然事物的變化聯想到光陰消逝的無情，並藉此抒發自己對生命的喟歎，這種表達手法在其他文學作品也十分常見，如曹植〈贈白馬王彪〉：「人生處一世，去若朝露晞。」以清晨的露珠比喻人生短暫；李白〈將進酒〉：「君不見黃河之水天上來，奔流到海不復回。」則以急湍的黃河水比喻時光飛逝。

下面的漫畫故事出自王安石的文章〈傷仲永〉，講述一個天資聰穎的小孩方仲永，他因為沒有繼續學習，最終天分被埋沒，變得與常人無異。這正正說明了人即使有天賦，如果在年輕時不努力學習，最終只會落得「老大徒傷悲」，追悔莫及的下場。

北宋時，有一個小孩出生在一個農民家庭，名叫方仲永。

仲永五歲前從未見過紙墨筆硯。

有一天仲永突然對家人哭鬧……

爹！我要寫詩，想要紙筆墨硯！

等一下……

父親於是向鄰居借來書法工具。

仲永拿起筆便寫了四句詩，還起了詩題。

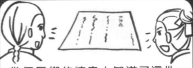

幾個同鄉的讀書人知道了這件事，都跑到仲永家裏看，一致認為他寫得不錯。

這件事在鄉間傳開了，鄉人無不嘖嘖稱奇。

從此，經常有人跑到仲永家裏要他作詩。

不論甚麼題目，仲永都能立刻成詩，而且文采優秀，得到眾人讚賞。

仲永的事迹很快就傳到縣裏去。縣裏的名流富商都十分欣賞仲永，大灑金錢求他的詩作。

方父認為孩子的天才可助他圖利，於是打消了讓仲永上學讀書的念頭。

他每天帶着仲永拜訪縣裏的名流富商，借機表現仲永作詩的天才，以博取名聲和獎勵。

可是，隨着年紀漸長，仲永的才華日漸消失。

長大後，更與常人無異了。

仲永最終做回農民，認識他的人無不感到惋惜。

名言活用

「少壯不努力，老大徒傷悲」警惕世人要好好善用時間，否則日後便會嘗到浪費青春的苦果。表達珍惜時間的想法時，不妨借這句名言抒發感受。以下題目要求我們寫一篇與考試夜讀有關的文章，並抒發個人感受。人在考試前通宵達旦地溫習，或許是為了爭取時間，盡最後努力溫習，或許是「臨急抱佛腳」，彌補平日的懶散。不論是為了甚麼原因，寫作時都應圍繞「晚上」的環境和「考試來臨」的氣氛來抒發感受。

題目

「明天就要考試了，今天晚上我還在挑燈夜讀。看着滿桌的課本，我忽然心生感觸。」

以上是文章的開首，試以「試前夜讀有感」為題，續寫這篇文章。

示 例

窗外街燈**晦暗**，只有便利店繼續亮着那孤獨而刺眼的招牌；間或傳來尖銳的跑車聲，劃破了無聲的夜，驚醒了**酣睡**的人。想不到午夜是這麼黑暗，這麼**靜謐**，陪伴着我的，只有滿桌的文學課本和筆記。讀到韓愈〈進學解〉「焚膏油以繼晷，恒兀兀以窮年」時，竟有着與韓文公身處異代卻**感同身受**之感——從來不覺得文學作品可與自己如此接近。明天便要應考文學科了，考試範圍內的十多篇文章卻從未認真讀過，這使我今夜不得不效法

🎯 增分點

⭐ **仔細審題，篩選材料**：本文以試前夜讀有感為題，因此選材須圍繞溫習內容，並由此引發個人感受。文章重點在於抒發感受，但若無主線貫串，內容就會雜亂無章，宜以夜讀的原因為主線，再以抒發感想為副線，扣緊題旨。

韓愈**焚膏繼晷，挑燈夜讀**。

「下次測驗我一定要努力溫習，一雪前恥！」差不多每次老師派回測驗卷時我都發出這樣的豪言壯語。下次復下次，下次何其多？終於，來到期終考試的前一晚，我的文學測驗成績卻仍然未曾及格。雖然我不是那種**汲汲於**追求成績的學生，但若果連期末考試也不及格，那**委實**太過分，對不起用心教學的許老師了！

溫習到唐宋文學史時，我讀到蘇洵——一位與韓愈同樣名列唐宋古文八大家的文人。據說蘇洵二十七歲才發憤讀書，按古代士人九歲入讀小學的習慣來看，他的起步可說是十分遲，但他經過十多年的閉門苦讀，終於學業大進，更獲得翰林學士歐陽修的賞識。歐陽修很讚賞他的〈權書〉、〈衡論〉、〈幾策〉等文章，認為他的文學**造詣**可與賈誼、劉向等著名文人**媲美**，於是向朝廷推薦他。蘇洵的文章一時為公卿、士大夫所爭相傳誦，他也因而文名大盛。如果他認識我，相信他一定會對我說：「有容，**少壯不努力，老大徒傷悲**，不要輕言放棄，趕緊溫習吧。」對的，把握當下，為時未晚。

然而，背誦課文的聲音和小枱燈的柔和燈光是催人入夢的咒語，讓我

❂ 以古人讀書的例子突顯個人感受：以古人蘇洵為例，指出即使比別人遲起步也能學有所成，表示自己從今開始發奮學習的決心，接着表達自己從蘇洵身上明白到學有所成需時甚久，從而帶出蹉跎歲月的後悔心情。

的眼皮沉重得快要合起來，頭顱不受控制地垂下，雙手也再無力捧着書本，「砰」的一聲，額頭和枱面鏗然撞上了。揉着微微發痛的額頭，我希望時光可以倒流，好讓我在每次測驗前付出多一點時間溫習，那麼現在我就不用受睡魔的折磨。可惜，光陰如箭，決不會走回頭路。機會只留給有準備的人，我不是不願意準備，只是準備得太倉促，剩下的時間也太少了。要追回已遭我拋棄九霄雲外的學習進度，簡直就是天方夜譚。

翻至馬致遠的〈夜行船·秋思〉，其中三句道出了我這一刻的心聲：「蛩吟罷一覺才寧貼，雞鳴時萬事無休歇。何年是徹？」此時，東方已泛起一片魚肚白，該是時候收拾課本，盥洗一下，準備上學。雖然我錯過了許多光陰，但總算盡了最後的努力。這次夜讀的得着，遠遠不止於那些讓我待會兒在答卷上「背默」的課文。文學於我們有甚麼意義，為甚麼我們要讀文學，我想，這夜，我找到了答案。

> ⭐ 感情含蓄，富想像空間：抒情時切忌感情過於外露，否則會顯得矯揉造作。本文以溫習的內容總結個人感受，含蓄而貼題，並由此引申探討學習文學的真義，卻又不明確點出，留下空間予讀者想像，意味深遠。

41

6 明日復明日，明日何其多。

錢鶴灘〈明日歌〉

名言溯源

古文	今譯
明日復明日，	明天過後還有明天，
明日何其多！	明天的日子還真不少呢！
我生待明日，	我一生總是在等待明天，
萬事成蹉跎！	結果很多事都給耽誤了！
世人苦被明日累，	世人苦被等待明天的心態拖累，
春去秋來老將至。	眼白白看着春去秋來，不知不覺間已年華老去。
朝看水東流，	早上看着江水東流，
暮看日西墜。	傍晚看着夕陽西下。
百年明日能幾何？	人生在世能有多少個明天呢？
請君聽我明日歌！	請你聽聽這首〈明日歌〉吧！

錢鶴灘〈明日歌〉

小百科

錢鶴灘（1461-1504 年）

　　錢鶴灘，名福，字與謙，明代人，因家住松江（今上海）鶴灘附近，遂以「鶴灘」為號。錢鶴灘天資聰敏，才思過人，少年時已為名秀才，與同縣顧清、沈悅齊名，人稱「三傑」。弘治三年錢鶴

灘狀元及第，任職翰林院修撰，致力於詩文，才高氣奇，有「集太白 (李白) 之仙才，長吉 (李賀) 之鬼才」之譽。著有《鶴灘集》、《尚書叢說》等，〈明日歌〉是他最廣泛流傳的詩作。

名言共賞

俗語云：「一寸光陰一寸金，寸金難買寸光陰。」唐代詩人杜荀鶴詩云：「少年辛苦終身事，莫向光陰惰寸功。」（〈題弟姪書堂〉）時光飛逝，人生苦短的感慨，使歷來文人寫過不少勸人惜時，把握今天的作品，明代詩人錢鶴灘的〈明日歌〉也是為人熟悉的作品之一。

相傳錢鶴灘的〈明日歌〉是根據明代詩人文嘉的詩修改而成，然而此詩卻比原作更為著名。錢鶴灘把原詩中「晨昏滾滾水東流，今古悠悠日西墜」改為「朝看水東流，暮看日西墜」，使語言更簡練。〈明日歌〉的主題是「莫蹉跎」，首句「明日復明日，明日何其多」道出了人對時間普遍的看法：時間總是有的，事情留待明天才做也不遲。詩人認為，珍惜光陰就是抓住今天，始於足下，這樣才能有所成就；若把計劃和希望寄託在未知的明天，一直拖延、蹉跎下去，最終只會一事無成。〈明日歌〉全詩採用通俗淺白的語言，寥寥數句便道出時光轉瞬即逝，人們應珍惜光陰，今天的事今天做的道理。「明日復明日，明日何其多」一句更成為現今長輩勸勉年輕人把握時間時經常引用的名言。

西方也有不少以惜時為題的文學作品和故事，如俄國作家高爾基曾說：「我們生活的時鐘是一座空虛、枯燥的時鐘，讓我們不要憐惜自己，用壯麗的業績把他們填滿吧！」（〈時間〉）提醒人們善用時間。以下是一則取材自《聖經》的漫畫，通過十名童女點燈的故事，指出抱着「明日復明日」的心態來做事的後果，強調及早準備的好處。

在古時猶太人的婚禮中，新娘的女伴（童女）負責迎接新郎。
這天，一個婚禮上，十名童女提着她們的燈，準備迎接新郎。

一些童女早早便準備好盛滿燈油的瓶子，以作後備之用。

另一些童女沒有準備多餘的油，她們認為在燈油用光時，再去補充也不遲。

豈料，新郎遲遲未到，童女在等候時紛紛睡着了。

直至半夜，
忽然有人跑來。

新郎到了！妳們快出來迎接吧！

一些童女發現燈都快滅了。

請問可以分一點油給我們嗎？

抱歉，我的也是剛剛夠用而已。

不夠油用的童女於是趕去買油。

早有預備的童女引領新郎走進婚宴後，大門就關上了。

毫無預備的童女回來後，看見大門緊閉，只能望門興歎。

名言活用 ✏

「明日復明日，明日何其多」勸勉人們把握當下，莫蹉跎歲月。這句話適用於言志抒情，或議論有關時間、珍惜光陰的文章。以下文章圍繞「一寸光陰一寸金」進行討論，要使文章內容豐富多樣，寫作時可以不同的角度切入，通過對比「珍惜時間」和「浪費時間」兩種對待光陰的態度，突顯不同態度對人生所產生的影響，帶出「人應該珍惜時間」的道理，配合充分的理據和適當的例子闡釋，文章便更具說服力。

題目　一寸光陰一寸金

示 例

🎯 增分點

　　人生在世，時間只會一直前進，從來不會回頭。古語有云：「一寸光陰一寸金，寸金難買寸光陰。」這句話提醒我們，時間應該用在有意義的地方上，不可隨便浪費。否則，有天當我們回顧過去，發覺**虛耗**了時光，無法回到被我們**蹉跎**了的歲月，也買不回浪費了的青春，那真是追悔莫及！

　　算一算，每個人一天有 24 小時，每年有 8,760 個小時。一項有關生活方式的調查指出，一般人平均每天休息與睡覺用約 9 小時，吃飯用約 3 小時，工作學習用約 6 小時，其他活動用約 5 小時。一個年頭過去，睡覺便佔用了

✪ 引用數據佐證，鞏固論點：引用可靠的調查數據，具體指出我們平日浪費時間之多，使論點更客觀可信。

我們 3,285 個小時，吃喝和其他活動則耗費了 2,075 個小時！想一想，我們只要每天少睡 2 小時，再少用 1.5 小時來吃喝，並善用活動的時間，那麼，一年下來，我們能節省 3,285 個小時！若把這些省下來的時間都用在發展事業或興趣上，你說會有甚麼成果？

時間對年輕人來說更寶貴，年輕時一旦錯過了發展的機會，足以改寫一生的成就。比方舞蹈，這是一門講求身體柔軟度的藝術，仍在發育的青少年若有志成為舞蹈員，只消用功練習，成就往往比成年後才學習的人高得多。他們一旦錯過了訓練柔軟度的黃金時期，也許只能「空悲切」了。沒錯！岳飛〈滿江紅〉中「莫等閒，白了少年頭，空悲切」一句，正是告誡我們人生不容拖延、等待，否則當我們年華老去、白髮滿頭時，**驀然回首**，才驚覺自己錯過了許多機會，空餘**嗟歎**。

現代社會不少年輕人家境富裕，學習資源**唾手可得**，但卻貪圖玩樂，荒廢學業，胡亂「花費」時間，虛度光陰。他們未必不明白努力的意義，但就是愛把學業，以至人生的計劃一天又一天的推延。**明日復明日，明日何其多**，他們每天都在想「明日」才開始發奮，卻拒絕由「今日」起身體力行，**眼睜睜**的看着機會一個又一個的溜走，

★ 串聯名言，以古通今：以古人名言貫穿生活化的例子，一方面使語例更富生活感，能引起共鳴；另一方面強調了古人名言千百年來皆通用，加強論據的說服力。

★ 運用正反對比，突顯事物特徵：通過正反例子，突顯浪費時間和珍惜光陰的人在心態上和行為上的差別，指出成功的關鍵並不在客觀的條件，而在於把握時間的決心。

最終一事無成。**另一方面，社會上有好些青年因家境貧困而輟學，他們不但沒有自暴自棄，反而更珍惜時間，努力工作之餘，把握時間在工餘進修，最終白手興家，事業有成。**

時間對不幸者更形珍貴。一名品學兼優的年輕人陳俊濠，在八年前遇上了一場嚴重的交通意外導致失憶，經常感到頭痛、失眠，更出現閱讀和運算障礙，影響學習。他本來是前途一片光明的高材生，受傷後卻連簡單的英文單詞也串不出來。這次意外為陳俊濠帶來巨大傷患，也使他在學業上落後他人，但這一切沒有令他畏懼退縮，反而激起了他的鬥志，誓要實現理想，成為律師。他意外地失去了十九年的記憶，卻明白到時間的寶貴。於是，他付出比其他人更大的努力，克服閱讀困難，急起直追，在八年後成為法學博士生。

成功與失敗，並不取決於能力、天賦，而是在於我們有沒有珍惜時間、把握今天的決心。常言道「機會不等人」、「機會是留給有準備的人」，做好準備的基本條件，就是善用時間——就從這一分鐘開始，珍惜不斷迎來的每一秒，為未來做好準備吧！

> ✪ **善用真實事例，加強感染力**：引用真實事例進一步說明珍惜時間、善用時間對人生的影響，加強論據的感染力。

志向抱負

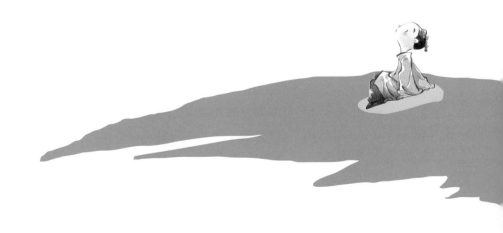

7 千里之行，始於足下。

《道德經‧第六十四章》

 名言**溯源**

古文

其安易持，其未兆易謀。其脆易泮，其微易散。為之於未有，治之於未亂。合抱之木，生於毫末；九層之台，起於累土；千里之行，始於足下。為者敗之，執者失之。是以聖人無為故無敗，無執故無失。民之從事，常於幾成而敗之。慎終如始，則無敗事。是以聖人欲不欲，不貴難得之貨；學不學，復眾人之所過；以輔

今譯

安定的局勢易於掌握，事變在未有徵兆前容易圖謀，脆弱的東西容易破碎，細微的東西容易散失。亂事尚未萌生時就要預防，（治國方面）應在禍亂未發生前就做好準備。張開雙臂才能抱得住的大樹，是從細小的嫩芽成長而成；九層高台，由泥土從低至高所堆積而成；遠行千里，從腳下第一步起由近至遠地出發。勉強（行事）的人會招致失敗；執着的人終會蒙受損失。因此聖人順應自然而不妄為，所以不會招致失敗，無所執着，所以不至有所損失。一般人做事，總是在快要成功的時候失敗。如果在快要完成事情的時候，也像開始時那樣慎重，就沒有辦不成的事情了。因此聖人以無所追求為他的追求，不稀罕貴重的財物；學習別人所不學的道理，以糾正眾人所犯的過錯。

萬物之自然，而不　遵循萬物的自然本性，而不妄加干預。
敢為。

《道德經・第六十四章》

小百科

▷ 老子（生卒年不詳）

　　老子是春秋時期的思想家，著有《道德經》一書。他學識淵博，通曉古今禮樂制度，根據《史記》記載，連孔子也曾向老子請教上古禮儀。老子在道家和道教中都享有崇高的地位，他獲尊為道家的宗師，而道教徒更相信他是太上老君的化身。「老子」的真正身份，至今仍存爭論。《史記・老子韓非列傳》記載了三個有可能是老子的人，分別是李耳、老萊子和太史儋。

▷《道德經》

　　《道德經》又稱《老子》，分為〈道經〉和〈德經〉兩篇，共八十一章，由老子所寫，書中語言精練，寫出了「道」的哲學思想，提倡守柔、不爭、寡慾的觀念，更是構成道家思想和道教教義的重要典籍。書中提出「無為而無不為」的政治主張，「鄰國相望，雞犬之聲相聞、民至老死不相往來」的理想國景貌，以及清虛自守、無為自然、逍遙自在的處世態度，而這種態度成為不少希望遠離現實的文人的精神支柱，在政局混亂的魏晉南北朝尤其盛行，對後世玄學發展影響深遠。《道德經》不僅在中國流行，根據聯合國教科文組織的統計，這部書曾翻譯成多種外國文字，其發行量僅次於《聖經》。

名言共賞

　　老子喜歡運用比喻來說明抽象的道理，他先後提出了「合抱之木」、「九層之台」與「千里之行」三個比喻闡釋「無為而治」的精神。「千里之行，始於足下」出自《道德經‧第六十四章》，指所有事物總是從小到大發展而成的，強調了由量變所引起質變的情況。一如距離千里的路程，是由人踏出的每一步所累積而成，這些變化就是順着事物的本質所發生，自然而不造作。把這個原則應用於治國之上，國君便應留意政局的變化，遵循事物的發展規律來管治國家，國家才能長治久安。「無為而治」實際上是「無所為而無所不為」，不施加任何外力，政事自然得以發展。

　　這句名言誕生距今已經多年，名言的本義和現代使用的引申義也有分別，在使用之前，要清楚分辨兩者的意思。「千里之行，始於足下」在今天常用來形容一個人只要認準方向之後不停地朝着目標努力，從小處（「足下」）做起，最終必能一步一步地走向成功。名言的本義強調讓事物自然發展，不施加外力，而引申義則強調積少成多和「立志的重要」，鼓勵人們努力向上，永不放棄。

　　以下一則寓言故事出自清代文學家彭端淑的〈為學一首示子姪〉，說明了要實現「千里之行」，「始於足下」是何其重要。故事中一貧一富兩個和尚都想去南海朝聖禮佛。在這個「千里之行」的任務上，缺乏盤川的窮和尚可說是輸在起跑線上。可是，他無懼客觀條件的不足，坐言起行，開展行程，最終成功朝聖禮佛；相反，富和尚只顧空談，不願付諸行動，最終一事無成。可見，實現理想的關鍵，並非客觀條件的優劣，而是實踐計劃的決心。

古時候，中國四川有兩個和尚。

一個非常富有，每天過着寫意的生活。

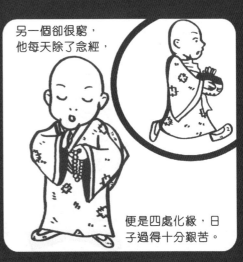

另一個卻很窮，他每天除了念經，

便是四處化緣，日子過得十分艱苦。

有一天……

我很想到南海禮佛，你看如何？

哈哈！

我一直想到南海去。本想僱船順江而下，但路途實在太遙遠，我始終下不定決心，所以到現在還去不成。

我只要一個缽、一個水瓶就夠了。

路途這麼遙遠，你要怎麼去？連我這麼有錢也去不成，你又怎麼可能去得了？別做夢了！

一年後……

窮和尚徒步萬里，從南海回來了，他把自己到過南海禮佛的事告訴富和尚，而富和尚卻連出行的東西也還未預備好。

富和尚看到窮和尚雖然資源不及自己，卻達成了自己的願望，慚愧得面紅耳赤，一句話也說不出來。

窮和尚篤志尚行，而富和尚只停留在口頭上，結果自是截然不同。

名言活用 ✏

　　「千里之行，始於足下」這句名言的應用範圍非常廣泛，既可用於自勵，也適用於勸勉他人。以下是一篇說理文章，題目要求說明現今年輕人所面對的困難及其解決方法。年輕人遇到困難是常事，因此文章的內容需具代表性，不應只着眼個別例子，也要論述普遍現象。為避免內容流於空泛，建議多用生活實例，具體地說明道理，或多引用語例，加強文章的說服力。

| 題目 | 現今的年輕人面對很多困難，你認為年輕人應如何克服困難？試談談你的看法。 |

示 例

　　法國大文豪雨果說：「上天給人一分困難時，同時也給人一分智慧。」香港新一代的年輕人常被**詬病**像溫室中的小花，在面對困難時毫無招架之力，常輕言放棄，甚至藉了結生命來逃避困難。這些年輕人不但未能嘗到這份智慧的果實，更為家人和社會帶來傷害。

　　在香港這個競爭激烈的商業城市，家長對下一代寄望甚殷，年輕一輩還未踏入職場，已經面對不少壓力：或學業成績未如理想，或與朋輩比較成就，或表現未達父母要求。與家人關係良好的年輕人，或尚有喘息的空間，一旦與家人關係不佳，家庭

🎯 增分點

⭐ 運用名言開啟下文：談「面對困難」的中外名言有很多，可多加運用，設計別出心裁的開首，引入下文討論。

不但不是他們的安樂窩和避難所，反而成為一座**牢籠**。年輕人的社會經驗和人生閱歷尚淺，只要遇上稍不如意的事情，很容易就感到不快，嚴重的更會出現情緒困擾，甚至做出傷害自己或別人的事。

自傷自憐，甚至自毀自殘是解決困難的方法嗎？不！這只是逃避困難的途徑。正所謂「身體髮膚，受之父母」，為人子女者應顧念父母的關愛之情，而孝順父母更是子女的基本責任，我們怎可讓養育我們，關心我們的雙親傷心失望？因此，當困難來了，我們首先要堅強起來，以正面的態度來面對困難，不逃避問題，也絕對不傷害自己。

面對困難時茫無頭緒嗎？大可與別人傾訴，尋求他人的意見和協助。父母、老師、良朋，都是我們理想的傾訴對象。特別是長輩的人生閱歷比我們豐富，當我們面對就學或擇業的疑惑時，他們的意見不失為迷霧中的一盞明燈。只要放開心胸，與他們傾談，不但有助紓解心中鬱結，更可得到寶貴的意見。

困難其實是磨煉自己的好機會。遇到困難，不論是學業或人際關係的問題，都應先反省問題的根源，再找出適當的方法去解決。例如成績未如

☆ 留意段落過渡及論點分佈，使段落大意更清晰：運用設問來連接段落，可使文章過渡自然。另外，每段宜只有一個論述重點，以便讀者掌握段落大意。

☆ 推論過程清晰，文章條理分明：議論前，先想想「克服困難」的步驟，若能逐步推論，能使文章條理分明。例如：保持正面的心態 ➜ 分析困難出現的原因 ➜ 尋找克服困難的方法 ➜ 積極裝備自己，迎向未來。

理想，是因為未盡全力溫習，未找到合適的學習方法，還是受朋友引誘，**放縱**玩樂所致？找出原因後，就馬上下定決心，騰出時間溫習。與朋友關係不融洽，是因為發生了誤會，還是自己做事前未有顧及他人感受？知道原因後，下次就試代入對方的身份，為他設想。嘗試把困難視為反省自身缺點和**鞭策**自己進步的工具，這都有助自己盡快**跨越**難關。

克服困難，終歸需要嘗試。發明鎢絲電燈泡的愛迪生便是一個好例子。他為了尋找適合製作燈絲的材料，**不屈不撓**地進行了逾八千次試驗。儘管他一直失敗，但卻沒有放棄，最終成功找到合適的材料。因此，我們面對困難時，非但不可放棄，更要不斷嘗試克服它。每一次失敗，都代表着我們向成功又邁進了一步。

紙上談兵，誰也可以。因此，別忘了時刻裝備自己，讓自己有戰勝困難的能力。**千里之行，始於足下**，只要認定人生各個階段的方向，並堅定不移地走下去，終能通往成功的路上，而這一路上所遇到的困難，便是在你抵達終點後，回眸的一道風景。

⭐ 舉出可行建議，加強論點説服力：「克服困難」的建議必須具體、實際，顯示方法並非空談，以回應題目的重點——「青年人應如何克服困難」。

8 修身、齊家、治國、平天下

《禮記‧大學》

名言溯源

| 古文 | 今譯 |

古文

大學之道：在明明德，在親民，在止於至善。知止而后能定，定而后能靜，靜而后能慮，慮而后能得。物有本末，事有終始，知所先後，則近道矣。

古之欲明明德於天下者，先治其國；欲治其國者，先齊其家；欲齊其家者，先修其身；欲修其身者，先正其心；欲正其心者，先誠其意；欲誠其意者，先致其

今譯

大學的宗旨，在於弘揚人光明正大的品德，在於使人民棄惡從善，在於使人達到最完善的境界。知道目標所在才能志向堅定，志向堅定才能安靜不浮躁，安靜不浮躁才能心安理得，心安理得才能思慮周詳，思慮周詳才能有所收穫。世上萬物都有根本有枝末，天下萬事都有終結有開始。知道了它們的主次先後、輕重緩急，就接近大學的宗旨了。

古人要使天下萬民皆能彰顯本身的光明德性（明明德），必先治理好自己的國家（治國）；要治理好自己的國家，必先整頓好自己的家庭（齊家）；要整頓好自己的家庭，必先修養好自己的德性（修身）；要修養好自己的德性，必先端正自己的心思（正心）；要端正自己的心思，必先使自己的意念真誠（誠意）；要使自己的意念真誠，必先獲得知識（致知）；

知；致知在格物。
物格而后知至；知
至而后意誠；意誠
而后心正；心正而
后身修；身修而后
家齊；家齊而后國
治；國治而后天下
平。

獲得知識的途徑在於窮究事物的原理（格物）。通曉事物的原理（物格），就能獲得淵博的知識，徹底了解事物（知至）；獲得淵博的知識，徹底了解事物，就能使意念真誠（意誠）；意念真誠，就能使心思端正（心正）；心思端正，就能修養好德性（身修）；德性修養好了，家庭才能整頓好（家齊）；家庭整頓好了，然後國家才能治理好（國治）；國家治理好了，天下就能太平（天下平）。

《禮記·大學》（節錄）

小百科

▷《禮記·大學》

〈大學〉是《禮記》的第四十二篇，作者是誰至今仍未有定論，後人推斷是戰國至秦漢時期的儒家學者所著。北宋時，學者程顥、程頤從《禮記》中抽出〈大學〉、〈中庸〉，加以整理，各自獨立成書，並與《論語》、《孟子》合稱「四書」；南宋時，學者朱熹認為〈大學〉是修身治國的規模、為學的綱目，對人應如何修身處世有深刻的啟迪意義，適合儒學入門者，故在自己的著作《四書章句集注》中，把〈大學〉列為四書之首。南宋以後，中國的科舉考試便以「四書」為考試範圍，自此〈大學〉就成為幾百年來士人必讀的書，對知識分子做人處事的原則影響深遠。

▷「大學」

「大學之道」中的「大學」並不是指高級學府，而是指相對於「小學」（孩童之學）而言的「大人之學」。古人八歲入讀小學，學

習文化基礎知識和禮節；至十五歲，貴族、官宦和平民中的優秀子弟可入讀大學，學習與修身治國有關的倫理、政治、哲學等學問，也就是「大人之學」。

▷「三綱領」、「八條目」

「大人之學」有「三綱領」和「八條目」，以揭示修養德性和治理國家的方向和具體方法。「三綱領」即「明明德」、「親民」和「止於至善」三個方向，指出當權者應弘揚光明正大的品德，使人棄舊圖新，去惡從善，而這兩點都要達到最完善的境界。

「八條目」即「格物」(窮究事物原理)、「致知」(獲得淵博知識)、「誠意」(懷着真誠意念)、「正心」(端正心思)、「修身」(修養德性)、「齊家」(管理好家庭和家族)、「治國」(治理好國家)、「平天下」(平定天下)，是實踐「三綱領」的八個具體方法。這些方法先後有序，以「格物」為始，「修身」為本，循序漸進地做到「平天下」。

名言共賞

儒家提倡的「大學之道」千百年來影響了中國士人和當權者的治國理念，甚至成為了人民對當權者的期望。時至今日，我們也常會聽到人民要求當權者做到「修身、齊家、治國、平天下」，或簡稱「修、齊、治、平」。這句話出自《禮記·大學》，是儒家在個人品德和政治上的追求，四者環環緊扣，呈現一種層層遞進的關係。儒家認為個人道德和家庭倫理道德可以延伸至處理政治事務上，如果當權者的行為符合道德要求，就可以達到「治國」、「平天下」的理想，因儒家此十分重視德性修養，以「修身」為本。

怎樣才算做到「修身、齊家、治國、平天下」？這得從「修身」說起。「修身」指能弘揚人的光明德性，要做到這點，必先窮究事

物的原理（格物），以獲得淵博的知識，透徹了解事物（致知），然後真誠、坦白地面對自己的意念（誠意），並能不受情緒影響，端正自己的心思（正心）。有了「修身」的基礎，才能好好管理家國，平定天下，因為當權者做到「修身」，就不會受主觀好惡和情緒影響，能客觀、公正地處理事情，妥善管理家庭和家族（齊家）。再進一步，若能把對父母的孝順用於侍奉君主，對兄長的敬重用於聽命長官，對子女的慈愛用於關愛百姓，就可治理好國家（治國）。最後一步，若能樹立良好榜樣，敬愛老人、尊敬長輩、憐恤孤苦無依的人，就能使百姓紛紛仿效美德，棄惡從善，做到平定天下（平天下），這也是儒家思想中最理想的境界。

　　「修身、齊家、治國、平天下」素來都是君子修身養德的標準，例如在《論語・憲問》中，子路向孔子請教君子之道，孔子回答「修己以安人」，意指君子要修養自己，使百姓安定；又如《孟子・盡心下》寫道「君子之守，修其身而天下平」，指出君子所奉行的原則，應是修養自己而使天下太平。

　　做到「修身、齊家、治國、平天下」的君主，歷來都被奉為聖明賢君，「五帝」之一的舜就是當中的佼佼者。相傳舜年幼喪母，父親後來續弦，再生一子，然而父親、後母和弟弟都不喜歡舜，甚至常常想殺掉他。每當舜知道父母和弟弟想謀害自己，他就會設法避開；自己犯了小過錯，則會馬上接受父母懲罰。儘管家人待舜不好，但他仍努力工作以維持家中生計，孝順父母，愛護弟弟，做到了「修身」和「齊家」，舜因而得到天下人的稱頌。以下漫畫描述了舜除了「修身」和「齊家」外，怎樣做到「治國、平天下」，成為一代明君。

相傳在遠古時代，舜的品德優秀、識見卓越，一直為人傳頌，所以他在三十歲時，獲當時的共主堯召見。

堯：我想使天下太平，你說應該怎樣做？

舜：要公平待人，認真處理大小事務，言出必行，這樣才能得到天下人的擁護。

堯

舜

治國時，應以甚麼事為重？

祭祀上天。

甚麼東西要優先做？

管理土地。

應該怎樣對待百姓？

關心百姓。

堯十分欣賞舜，於是把兩個女兒都許配給他，並要求他代行共主之政。舜上任後馬上祭祀神明，又把天下劃為十二州，以河道確定各州的邊界，每五年巡視天下一次。

堯逝世後，舜正式登上共主之位。自此天下安寧，百姓和睦，農業發達，四海昇平。舜更成為古代傳說中的明君。

名言活用 ✏️

　　「修身、齊家、治國、平天下」是中國士人對人生處世最崇高的追求，若在寫作時遇上關於「成功」或「理想」的題目，不妨引用這句名言於論述之中，加強文章的說服力。以下的寫作題目要求評價「人愈多財富，就代表愈成功」的說法。寫作的重點在於說明「財富」和「成功」的關係，寫作時可先表達自己的立場，再界定何謂「成功」，並援引不同的例子來支持自己的看法。

> **題目** 有人認為財富愈多，就代表愈成功。你同意嗎？試談談你的看法。

示 例

　　「我哋呢班打工仔，一生一世為錢幣做奴隸。」這兩句流行名曲〈半斤八兩〉的歌詞，反映了一些人對金錢的看法。有人認為金錢是量度成功的一把尺，只要一個人的財富愈豐厚，就代表他愈成功。金錢為人帶來物質享受，讓人享有相應的社會地位，產生**優越感**，因此不少人便理所當然地以財富的多寡來**衡量**一個人是否成功。

　　然而，財富真是衡量成功的惟一標準嗎？讓我們來看看一些公認的「成功人士」。宋代名官包拯一生清廉，崇尚節儉，飲食和衣着與平民無異。他在首都開封任官時，敢於懲治犯法的權貴，嚴辦無賴刁民，把開封管理

🎯 增分點

✪ **妙用歌詞，引導讀者思考**：以流行曲歌詞作引入，反映題目所述的其實是普遍的社會現況，令讀者產生共鳴。

得井井有條,深得人民愛戴,更被稱為「包青天」,成為後世官員的**楷模**,誰會説這位**流芳百世**的「包大人」不成功?德蘭修女窮半生精力服務印度加爾各答的窮人,搶救了許多在死亡邊緣徘徊但付不起錢治病的人,又設立孤兒院收容被遺棄的兒童,更在世界各地成立「仁愛之家」,為貧苦大眾服務。這位「加爾各答的天使」的善心和犧牲精神使後人紛紛仿效,拯救更多悲慘的人,誰又會説她不成功?

這兩位名人之所以成功,不是因為財富豐厚,而是他們擁有高尚的品格,處處為人着想的善心,達到儒家所言**「修身、齊家、治國、平天下」**的理想境界——以自己的品德來影響他人,使世界變得美好。由此可見,所謂「成功」,並不是指擁有大量財富,而是指做到以生命影響生命,讓別人的生命變得更加美好,做到**利人利己**——不但使大眾有所得益,自己也能得到比物質享受更可貴的精神滿足。

且看看清代權臣和珅的例子。和珅富可敵國,他的財產相當於清政府十五年的收入。和珅這麼富有的人能不能做到「以生命影響生命,讓別人的生命變得更加美好」呢?答案顯然是否定的。和珅是**惡行昭彰**的貪官,曾有商人因為不願意行賄他,竟在一

★ 善用中外例子,正反論證:通過正反論證,更能鞏固自己的論點。本文運用包拯和德蘭修女的例子,正面論證自己對「成功」的看法是正確的;舉出和珅的例子,反面論證與自己看法相反的論點——「愈多財富就代表愈成功」——是錯誤的。

★ 為關鍵字下定義,確立討論重點:面對較抽象的題目或概念,如「成功」、「理想」等,宜先下定義,或作具體解説,使接下來的推論更穩固。惟注意所下的定義須符合普世價值,論述才具説服力。

夜之間慘遭滅門；和珅除了貪污外，也操控日用品如食米、鹽、油等的價格，以**牟取暴利**，使民怨載道，又有誰敢說他是史上成功的高官？這足以證明財富與成功之間沒有必然關係。

其實，不分貧富，人人都能貢獻社會。財富較多的人可以興辦慈善機構，改善人們生活，就像善慈家田家炳先生，他曾在香港和國內興辦多所學校、社福機構，幫助失學兒童和貧苦大眾。財富較少的人可以做義工，以自己的行動來幫助他人，就像深水埗燒臘飯店東主陳灼明先生，他曾推出免費飯票，讓基層市民免費享用一頓飯，減輕生活重擔。只要抱着「有錢出錢，有力出力」的想法，每個人都可以成為對社會有貢獻的「成功人士」。

財富無疑能助我們成功，讓我們更有能力去幫助有需要的人，但成功最重要的條件，還是一顆渴望令別人的生活變得更加美好的善心。一個成功的人，不會被財富所**蒙蔽**，反而會好好運用財富，幫助他人。財富如水，能載舟亦能覆舟。我們何不多行善舉，做金錢的主人，發揮金錢的真正意義，成為真正「成功」的人？

> ★ 深入探討主題，提升文章層次：財富能助人成功，但它只是成功的踏腳石。引用生活實例，進一步探討財富和成功的關係，能提升文章的層次。

9 先天下之憂而憂，後天下之樂而樂。

范仲淹〈岳陽樓記〉

名言溯源

古文

慶曆四年春，滕子京謫守巴陵郡。越明年，政通人和，百廢具興，乃重修岳陽樓，增其舊制，刻唐賢、今人詩賦於其上，屬予作文以記之。

予觀夫巴陵勝狀，在洞庭一湖。銜遠山，吞長江，浩浩湯湯，橫無際涯，朝暉夕陰，氣象萬千。此則岳陽樓之大觀也，前人之述備矣。然則北通巫峽，南極瀟湘；遷客騷人，多會於此。覽物之

今譯

慶曆四年春天，滕子京被貶為巴陵郡太守。到了第二年，政務順利，百姓和樂，很多廢弛經年的事業又重新興辦起來了，於是他重新修建岳陽樓，擴大舊有的規模，把唐代賢人和當代詩人歌詠岳陽樓的詩賦都刻在上面，並囑咐我寫一篇文章記述這件事。

我看到巴陵郡最美麗的景色，就在洞庭湖。洞庭湖像開口銜着遠處的山巒，吞吐着長江水，水勢浩浩蕩蕩，廣闊無邊。早上和傍晚的景色時而晴朗，時而陰晦，千變萬化。這都是在岳陽樓上所見的雄偉景象。前人對它的描述已很詳盡。既然這樣，洞庭湖北面通往巫峽，南面通往瀟水、湘水的盡頭，被貶外地的官吏和失意的文人，大多聚集在這裏，他們觀賞

情，得無異乎？

　　若夫霪雨霏霏，連月不開；陰風怒號，濁浪排空；日星隱耀，山岳潛形；商旅不行，檣傾楫摧；薄暮冥冥，虎嘯猿啼。登斯樓也，則有去國懷鄉，憂讒畏譏，滿目蕭然，感極而悲者矣。

　　至若春和景明，波瀾不驚；上下天光，一碧萬頃；沙鷗翔集，錦鱗游泳；岸芷汀蘭，郁郁青青；而或長煙一空，皓月千里；浮光躍金，靜影沉璧；漁歌互答，此樂何極！登斯樓也，則有心曠神怡，寵辱皆忘，把酒臨風，其喜洋洋者矣。

　　嗟夫！予嘗求古仁人之心，或異二者之為，何哉？不以物喜，不以己悲。居廟堂之高，則憂其民；

景物時的心情，能夠沒有差異嗎？

　　在連綿細雨，連續數月不放晴的日子，淒冷的狂風怒吼着，渾濁的巨浪直衝天空，太陽和星星隱藏了光輝，山岳隱沒了形體；商人和旅客無法通行，桅杆倒下，船槳折斷；傍晚時天色昏暗，老虎在長嘯，猿猴在哀啼。(此時)登上岳陽樓，真有離開故國和懷念家鄉的念頭，又擔心遭人說壞話和譏笑，眼前盡是蕭條零落的景象，勾起我無限的悲傷和感慨。

　　至於春風和煦、陽光明媚的日子，湖面波浪不興，天色與湖光相接，一片碧綠，廣闊無際；沙鷗或飛或停，魚兒游來游去；湖岸上的白芷、蘭花等香草，香氣濃郁，花葉茂盛。有時湖上的煙霧完全消散，皎潔的月光一瀉千里，水波閃耀着金光；無風時靜靜的月影好像一塊沉入水中的璧玉，漁夫的歌聲一唱一和，這樣的樂趣哪有窮盡！(此時)登上岳陽樓，便會心情開朗，精神愉悅，榮辱得失都忘記了，舉起酒杯，臨風暢飲，喜氣洋洋。

　　唉！我曾經探求古時品德高尚的人的心情，也許不同於以上兩種人(被貶外地的官吏和失意的文人)，為甚麼呢？他們不因為外物(環境)的好壞和個人的得失，而感到歡喜或悲傷；

處江湖之遠，則憂其君。是進亦憂，退亦憂，然則何時而樂耶？其必曰：「先天下之憂而憂，後天下之樂而樂」歟！噫！微斯人，吾誰與歸。

范仲淹〈岳陽樓記〉

在朝廷做官時為百姓擔憂；不在朝廷做官時為君王擔憂。這樣在朝為官擔憂，在野為民也擔憂。那甚麼時候才快樂呢？他們一定會說「在天下人擔憂之前，自己先擔憂，在天下人都快樂之後，自己才快樂」吧！唉！沒有這些人的話，我與誰同道呢？

小百科

▷ 范仲淹（989-1052年）

范仲淹，字希文，諡文正，蘇州吳縣人，北宋著名政治家、文學家。范仲淹出任參知政事（副宰相）時，提出了「明黜陟」、「修武備」、「減徭役」等十項改革建議，以澄清吏治，富國強兵，改善民生，史稱「慶曆變法」。惜遭朝中朋黨反對，變法歷時約一年便以失敗告終，而范仲淹則被貶為地方官。雖然范仲淹仕途失意，但他在文學上卻大放異彩，留下不少膾炙人口的作品，如〈岳陽樓記〉、〈漁家傲‧塞下秋來風景異〉、〈蘇幕遮‧碧雲天〉等等，有《范文正公集》傳世。

▷ 岳陽樓

岳陽樓位於湖南洞庭湖畔，前望君山，北倚長江，景色壯麗，素來有「洞庭天下水，岳陽天下樓」的美譽，是江南三大名樓之一（其餘為南昌滕王閣、武昌黃鶴樓）。這座名樓始建於三國時代，前身為東吳大將魯肅檢閱水軍的「閱軍樓」，兩晉時改稱「巴陵城樓」，仍然以軍用為主，至唐代才易名為「岳陽樓」，並成為遊覽觀光的勝地。岳陽樓位處南北交通的樞紐，被貶的官吏和失

意的文人大多聚會於此，於是這座名樓便成為千百年來文學作品中被反覆描摹的對象，文人墨客在登樓飽覽洞庭湖勝境時，憑欄抒懷，並詠之於詩，記之於文，著名的作品有杜甫的詩〈登岳陽樓〉、范仲淹的文章〈岳陽樓記〉等等。

名言共賞

　　范仲淹〈岳陽樓記〉是千古傳誦的名篇，也是現時中學文憑試中文科指定文言經典學習材料之一。提到這篇文章，有人會想到文章描述壯麗的洞庭湖畔風光，也有人會想到作者「先天下之憂而憂，後天下之樂而樂」這句名言。這句名言是范仲淹用來勉勵謫守巴陵的友人滕子京，希望他不要因為自身境況而氣餒，同時也道出自己的政治抱負：在天下人擔憂之前，自己先擔憂，在天下人都快樂之後，自己才快樂。其實，范仲淹這種說法繼承並發展了儒家「生於憂患，死於安樂」的思想。儒家認為人在憂患中可磨煉意志，保持警覺，在安樂裏則消磨意志，終致滅亡，因此人要居安思危，時刻警醒自己。范仲淹進一步闡釋這種憂患意識，認為知識分子不僅要有「先天下之憂」的想法，不論身處何地都心繫國家人民，還要有「後天下之樂」的悲天憫人胸懷，待所有憂患解除後才喜樂，這才是真正做到孔子所說「任重道遠」、「死而後已」的境界。

　　范仲淹以行動來實踐個人政治抱負。他一生憂國憂民，「不以物喜，不以己悲」，不論擔任大小官職，都以國家人民為先。他在朝廷身居高位時，力抗反對派，致力推行「慶曆變法」，希望改善國力和人民生活；被貶謫為地方官時，注重民生，興修水吏，築建通州、泰州、楚州四周海堤，百姓為表揚他的功績，更把海堤改名為「范公堤」。范仲淹這種以天下為己任，置個人榮辱哀樂於度外的思想，為後世士人所稱許，成為備受人推崇的為官之道。

名言活學

廣義來説，「先天下之憂而憂，後天下之樂而樂」不只是一種受人推崇的為官之道，也是一種事事為他人設想的情操。這種情操在今天的社會是否常見？實踐時有沒有值得留意的地方？

寒冬送暖　舊衣贈人

【本報訊】聖誕臨近，天氣愈來愈寒冷，你可曾想到社會上有人不得溫暖？有慈善機構舉辦「寒衣送暖計劃」，由一羣大學生及婦女組成義工團，把回收得來且清洗乾淨的舊衣物送給有需要的獨居長者。計劃負責人張小姐表示，義工團上星期到訪位於柴灣的公共屋邨，把衣物和親手製造的聖誕薑餅贈予獨居長者，為他們送上佳節的祝福。不少長者收到衣物和薑餅後都很高興，感謝義工團為他們帶來了一個和暖而溫馨的聖誕節。

✪ 我們在日常生活中怎樣實踐「先天下之憂而憂」的品德？

嘉禾大廈五級火災

2008年，旺角嘉禾大廈發生五級火災，經過約六小時的搶救，火種始被撲滅，結果造成四死五十五人傷，其中兩名死者為消防員。兩位消防員在拯救傷者期間被困，二人脫下自己的氧氣罩予傷者，導致吸入過量濃煙，倒卧火場。後來，二人獲救但已陷入昏迷，送院後證實不治。

✪ 為人設想或拯救他人時，是否要犧牲個人利益甚至生命？

名言活用 ✏

「先天下之憂而憂，後天下之樂而樂」讚揚官員以民為先，似乎與學生毫無關係，其實，學生會或領袖生服務同學時，或許也能體現這句名言所含的品德。以下題目要求我們記述一次學生會選舉的經過，以及寫出個人感受。寫作時宜詳略有致地交代選舉的情況；抒發感受時，不妨把名言所含的品德情意連繫至校園生活中，豐富文章內容。

題目 一次學生會選舉有感

示 例

🎯 增分點

　　每年九月中至十月中，都是我校學生會的選舉期，中五的同學會自行組成選候內閣**競逐**學生會幹事的職位。以往，我最討厭這個時候，因為學生會選舉令我無法靜心溫習，但今年的選舉卻讓我的想法改變了。

　　一如我所料，學生會選舉令校園**鬧哄哄**的。兩個候選內閣每天都在早會上介紹政綱，小息時到各班派發宣傳品，午休時通過中央廣播宣傳。他們還發動「海報攻勢」，在校務處報告板、走廊牆壁和有蓋操場等地張貼宣傳海報，這些海報無處不在，彷彿冤魂不散的幽靈，緊緊糾纏着我，讓我沒有一點**喘息**的空間。除了我，班中

> ✪ **邊敘事邊抒情，情感富層次**：選舉期間每個階段的感受也不盡相同，寫作時可一邊記敘選舉情況，一邊抒寫感受，讓感情隨事件推進而有所變化，情感更富層次。

上下無不談論這次選舉，大家紛紛比較兩個內閣的政綱、宣傳技巧，以至宣傳品的精美程度，這是多麼的無聊啊！

終於到了舉行候選內閣諮詢大會的日子了！過了今天，我就不用再聽到年年相似的政綱，不用再收到毫無用處的宣傳品，不用再見到幽靈似的海報。午休後，諮詢大會正式展開。兩個內閣的成員輪流發言，並就對方的政綱提出質問。當台上的候選成員**脣槍舌劍**時，台下的我正默默計劃下星期的溫習時間表。忽然，我聽見有人提出「開設試後補習班」，這令我立刻回過神來，豎耳細聽。至誠閣主席質問：「如果老師未能擔任試後補習班的工作，醒閣會怎樣做？取消這個活動？這豈不是失信於同學？」醒閣主席氣定神閒，稱他已邀請升讀大學的學兄學姐回來義教。想不到他們的計劃這麼周全，看來我要留心他們的發言了。一小時下來，除了內閣互相諮詢，還設台下發問環節，但見兩閣成員竭力回應，原來他們的政綱不是**信口開河**，而是下了一番功夫來準備的。

一直以來，我認為學生會的工作年年類同，幹事們根本不用費神計劃，只需跟着上一屆**依葫蘆畫瓢**便可以了，也只有那些**沽名釣譽**的同學才會參

> ★ **選取精彩場面，詳加描寫**：學生會選舉值得描寫的場面很多，寫作時宜選取較精彩的場面落墨，使描寫的焦點更明確，讓讀者留下深刻印象。

與競選——他們不過想讓履歷表更充實而已。回想過去幾個星期，每天我留校溫習至五時，仍見兩個內閣的成員趕製宣傳品或開會檢討政綱；有一次更見兩個內閣一起約見校長，共同商量聯校歌唱比賽的可行性。以前的候選內閣都不及他們用心宣傳和準備。

全校同學投票後，有別以往，我留在禮堂觀看點票。結果由醒閣以三十一票之微勝出。想不到，至誠閣主席走到醒閣主席前握手道賀，而醒閣主席也邀請至誠閣全體成員一起為同學服務。現場沒有我所預期的，一些人獨自垂淚，一些人擁抱歡呼的畫面，此刻，兩個內閣不計前嫌、衷誠合作的情景，讓我明白到他們參選不是為了爭取個人名譽，而是真誠地服務同學，剛才在台上針鋒相對的畫面，都只是他們憂慮對方的政綱不夠周全，未能貼合同學需要而出現。

古代官員**先天下之憂而憂**的抱負，今天我在參選的成員身上體會到了，他們都是全力以赴為同學服務的有心人。之前，我誤會了參選同學的目的，我不但要跟他們道歉，還要感謝他們的勞心勞力，並積極參與他們舉辦的活動，不辜負他們對同學所作的貢獻。

✪ 插敍相關片段，細膩寫出心情轉變：要細膩地寫出「我」的心情變化，可插敍一些相關的回憶片段，反映「我」對事情的不同看法，突出「我」對學生會選舉的感情變化，寫來自然真切。

✪ 聯繫名言，提升文章深度：學生會選舉只是平常事，若能聯繫相關名言所含的品德情意，點出兩者共通之處，有助提升文章深度。

10 人生自古誰無死？留取丹心照汗青。

文天祥〈過零丁洋〉

名言溯源

古文

辛苦遭逢起一經，
干戈落落四周星。
山河破碎風拋絮，
身世飄搖雨打萍。
惶恐灘頭說惶恐，
零丁洋裏歎零丁。
人生自古誰無死？
留取丹心照汗青。

　　文天祥〈過零丁洋〉

今譯

當年我歷盡艱辛，經由科舉考試入仕，
現今在抗元路上，孤軍作戰已經四年。
國家支離破碎，有如狂風吹散的柳絮，
個人際遇坎坷，有如被雨擊打的浮萍。
戰敗撤退經過惶恐灘時，我對國事憂心忡忡，
被元軍俘虜渡過零丁洋時，我嗟歎孤苦零丁。
自古以來又有誰人能夠長生不死呢？
我要留取一片愛國的丹心名留青史。

小百科

▷ 文天祥（1236-1282 年）

　　文天祥，字履善，一字宋瑞，號文山，南宋名臣，中國著名的民族英雄。文天祥自小飽讀詩書，二十多歲即科舉及第，成為狀元，任官後一度得到皇帝重用，然而他生性剛直不阿，多次開罪權臣，出仕十五年間被罷官兩次。有一次，把持朝野的權臣

賈似道藉口請辭以要脅皇帝，文天祥受命草擬一份挽留賈似道的制誥（詔令），豈料他竟在稿上義正詞嚴地裁責賈似道，因而被賈似道的親信彈劾而失去官位。德祐元年，元軍渡江侵宋，宋室岌岌可危，文天祥有見及此，便耗盡家財組織義軍勤王。可惜南宋已是強弩之末，文天祥也無法挽回局勢，最終在五坡嶺被元軍所擒。元世祖賞識文天祥的才幹，威逼利誘他投降，但他不肯就範，寧願從容就義，終年四十七歲。文天祥亦是一位傑出的愛國詩人，詩作主要記述了抗擊元軍的艱辛歷程，表現了堅貞的民族氣節和激昂的報國之志，慷慨悲壯，感人至深，著作有〈過零丁洋〉、〈正氣歌〉等等。

▷ 汗青

在紙張普及前，古人多在竹簡上書寫。古人製作竹簡的過程複雜，先挑選上等的青竹，然後削成長方形的竹片，再以火烘烤新鮮的竹片，最後還要刮去竹青部分。在烘烤時，新鮮的竹片被烤得冒出水分，像流汗一樣，故這個過程稱為「汗青」，後來「汗青」一詞漸漸引申為史冊之意。

▷ 惶恐灘

惶恐灘，原名黃公灘，音訛而作惶恐灘。惶恐灘位處江西萬安境內的贛江，是千里贛江著名十八險灘之一，文天祥起兵時曾行經這裏，此灘江水湍急，暗礁林立，令人望而生畏。惶恐原指恐懼不安，這裏指憂心遠慮，詩人借「惶恐」之名，表達對國家大事憂心不已。

▷ 零丁洋

零丁洋，也作伶仃洋，在今香港大嶼山與廣東珠海口一帶水域，文天祥被元軍擄後曾經此水域，域內有內伶仃島和外伶仃島。詩人借「零丁」之意，表達他遠離故土，孤身上路的境況。

名言共賞

　　對你來說，有甚麼比生命更可貴，不惜犧牲性命也要保護？在南宋名臣文天祥眼中，忠義比生命更可貴，他為了持節盡忠，即使赴死也在所不惜。南宋末年，文天祥率軍力抗元軍，惜兵敗被俘，被拘於渡過零丁洋的船上。當他被押解至崖山（位於今廣東新會崖門鎮）時，元軍迫他寫信招降據守當地的張世傑、陸秀夫等人，但他堅拒不從，並寫下〈過零丁洋〉一詩以明志，詩句「人生自古誰無死？留取丹心照汗青」更成為後世不少忠臣義士的座右銘。文天祥認為人總有死去的一天，所以死亡並不可怕，最重要是有一顆盡忠報國的丹心，這樣才能永遠照耀在史冊之上。

　　文天祥這種坦然面對生死的氣概，顯然是受到儒家思想的影響。《論語‧衛靈公》有云「志士仁人，無求生以害仁，有殺身以成仁」，指出真正的君子應有堅貞不屈的氣節，不會貪生怕死而損害仁義，只會不惜犧牲性命以換取仁義。這不是說儒家輕視人命，而是儒家認為仁義比生命更可貴，「生，我所欲也；義，亦我所欲也，兩者不可得兼，捨生而取義者也」（《孟子‧告子上》），當生命和仁義兩者不可並存時，就應該捨棄生命以換取仁義。文天祥自小飽讀聖賢書，深受這種「殺身成仁」的思想薰陶，所以在投降和受刑之間，他毅然選擇後者實不足為奇。

　　在中國歷史上如文天祥般視死如歸的義士有如恆河沙數，而甘願犧牲者也不限於男子。秋瑾是晚清女革命烈士，一生提倡女權，推翻帝制。她響應徐錫麟在紹興安慶的起義，惜隨着徐錫麟被殺，安慶起義宣告失敗。秋瑾因徐錫麟弟弟的供詞而受到牽連，但她拒絕離開紹興，認為「革命要流血才會成功」。她後來在大通學堂被捕，口供僅寫「秋風秋雨愁煞人」一句，不久就在古軒亭口被判處斬首之刑，終年三十一歲。秋瑾留給後人的，與文天祥一樣，是一份為了仁義而甘願犧牲的精神。

名言活學

　　中國人一直推崇「為仁義而犧牲」的義士，文天祥是當中的佼佼者。你認為這種精神是否值得奉為圭臬？試看看以下二人的簡介，想想這種精神有沒有值得反思或留意的地方。

匈牙利愛國詩人 —— 裴多菲

　　裴多菲・山多爾（1823-1849年），是匈牙利的愛國詩人，也是該國革命重要人物之一。當時匈牙利隸屬奧地利帝國，裴多菲眼見國人受到奧地利政府欺壓，於是站出來領導民族革命，參與民族獨立戰爭，為人民自由和國家獨立而奮鬥，後來他在瑟什堡戰役中犧牲，年僅二十六歲。雖然他英年早逝，但卻留下許多關於民族自由和愛情的詩作，以〈自由與愛情〉中「生命誠可貴，愛情價更高，若為自由故，兩者皆可拋」幾句最為人津津樂道，至今仍激勵着不少爭取自由的人。

✪ 除了仁義以外，還有甚麼值得我們用生命去捍衞？

官場不倒翁 —— 馮道

　　馮道是唐末五代時期政治家，曾經侍奉五朝、八姓、十三帝，「累朝不離將相、三公、三師之位」，前後為官四十多年，堪稱中國官場史上的不倒翁。馮道從政時的表現大都符合君子、聖賢的行為標準，例如他曾勸服契丹官兵不要殺害漢人，家鄉鬧饑荒時變賣自己的家財賑濟災民等。然而許多著名的歷史學家對馮道曾事多個王朝而非常不齒，評價惡劣。例如歐陽修在《新五代史》中就批評馮道「不知廉恥為何物」；司馬光在《資治通鑑》則說他「乃奸臣之尤」。

✪ 仁義是否評價一個人善惡好壞的惟一準則？

名言活用 ✏

　　以下題目要求我們描寫一位自己最尊敬的古人，通過記述古人反映中國文化精神的言行，抒發對他的感情。寫作時要留意選材，所選的話語和行為必須能突顯古人具備中國文化精神。若這位古人有犧牲自己以成就大事的事迹，不妨用上「人生自古誰無死？留取丹心照汗青」來稱讚他。

題目「這是一位我最尊敬的古人，從他身上，我學會了修身處世的道理，也體會到中國文化可貴的一面。」試根據上文，記述這位古人的言行，抒發你對他的感情。

示例

　　「岳飛，字鵬舉，相州湯陰人也。」中一時，我在中文課第一次讀到〈岳飛之少年時代〉，認識了岳飛——一個出生在貧困農民家庭的南宋大將軍。岳飛出生不久後便遇上洪水，母親帶着還未彌月的他逃出來，**僥倖**生還……岳飛傳奇的一生，就在這樣的災劫中展開了，他的英雄事迹更跨越了近千年的時空，感動了生活在廿一世紀的我，而他也是我最尊敬的古人。

　　岳飛自幼刻苦學習，熱愛武藝，十多歲已經練得一身好本領。他是天生的將領，在北宋末年成立了「岳家軍」，攻打侵略中原的金兵——那一

🎯 增分點

⭐ **積學儲寶，用於寫作**：平日應多記誦名篇佳作，有助儲備寫作材料。例如〈岳飛之少年時代〉是初中常見的課文，內容為人熟悉。寫作時可引用文章的語句，或作點睛引入，或作豐富例證。

年，岳飛不過二十歲。今天的我，也將屆二十了，雖然不是生於亂世，不用參軍，但與少年岳飛相比，他比我年少有為得多了，他勤奮學習的態度，為國家貢獻的志氣，現在的年輕人恐怕都**望塵莫及**。

「靖康恥，猶未雪，臣子恨，何時滅……壯志飢餐胡虜肉，笑談渴飲匈奴血……」每次我唸着最喜歡的詞作〈滿江紅・怒髮衝冠〉時，腦海就浮現岳飛忠肝義膽、正氣凜然、盡忠為國的形象。金國滅了北宋後，南宋定都臨安。面對外族步步進逼，岳飛從不懼怕，以「**拋頭顱，灑熱血**」的決心長驅北進，摧毀敵巢。當時金國**勢如破竹**，派十萬精銳騎兵南下，誓要與岳家軍比個高下。面對強敵，岳飛只有五千士兵，但他無懼強弱懸殊，死而後已地頑強抵抗。相傳他吩咐士兵每人手持一把綁在長杆的斧頭和一把鈎鐮鎗，上砍敵頭，下砍馬腿，最後以少勝多，把敵人**擊潰**，使得其時金軍流傳「撼山易，撼岳家軍難」之説。岳飛智勇雙全，因時制宜，令戰事無往而不利。

岳飛是一位傑出的軍事家、戰略家，他在戰場上**指揮若定**，自然受人景仰；私德方面，我更崇拜他重情重義、廉潔正直、甘願犧牲的精神。他

✪ 行文自然，情感率真：將自己和少年岳飛的成就相比，道出岳飛值得尊敬的原因，情感自然流露，毫不做作。

✪ 善用古人作品，引用相關事迹：所描寫的古人如有言志的作品傳世，不妨引用其作品以彰顯其品德。這樣不但能使描寫更為傳神，也能反映自己對古人認識透徹，對其尊敬之情來之有因。

嚴明軍紀，曾下令軍隊「餓死不擄掠，凍死不拆屋」，必須善待平民百姓，可見這位硬將並不冷酷無情。此外，他以仁德對待部下，命令有傷在身的士兵不用上戰場。這位剛中帶柔，體恤下屬、愛民若己的將軍，士兵自然都願意跟隨他。中國人剛柔並濟，重情重義的一面，都在他身上體現。

岳飛打過多場勝仗，但南宋要收復失地並不是**一蹴而就**的事。曾有人問岳飛何時才能天下太平，他答道：「文臣不愛錢，武臣不惜死，天下便可太平！」岳飛也確以其清廉、無私奉獻的一生來實踐這番話。這份廉潔正直的品格和犧牲精神，在強調利益掛帥的現代社會尤其可貴。

北伐連勝，岳家軍也逐漸逼近金軍陣營，眼見勝利在望，可是宋高宗卻忽然急召岳飛回朝。聰明的岳飛怎會不知道事有**蹊蹺**，但他也義無反顧，毅然班師回朝。他堅持對君主盡忠，**履行**古來「臣事君」的職責，無論宋高宗是怎麼樣的人，自己終究是他的臣子，必須對他服從。

誰都知道岳飛的下場異常慘烈。可是，即使秦檜等佞臣給岳飛強加「莫須有」的罪名，處決了他，也不影響後人對他的評價。**人生自古誰無死，留取丹心照汗青**，歷史自會評論功過。

★ 反思古人行為，博古通今：描寫古人時，不妨加以反思他的行為在現代社會的價值，以突顯其品格可貴之處，博古通今，提升文章層次。

岳飛用他的一生彰顯了中國傳統文化中智、勇、仁、義的精神，所以在千秋之後，他高大的形象還是活在中國人和我的心中。

✪ **結構嚴謹，圓滿收筆**：本文先描寫岳飛「智勇雙全」的形象，接着描寫他「重情重義、廉潔正直、甘願犧牲」的一面，脈絡清楚，結構嚴謹。文末以「智、勇、仁、義」清楚歸納岳飛彰顯了哪些中國文化精神，點明題旨，圓滿收筆。

11 風聲雨聲讀書聲，聲聲入耳；
家事國事天下事，事事關心。

顧憲成

名言溯源 🔍

古文

風聲雨聲讀書聲，
聲聲入耳；
家事國事天下事，
事事關心。

顧憲成

今譯

狂風吹過的聲音、暴雨灑落的聲音、誦讀聖賢書的聲音，都聽在耳中。
一家一姓的事情、一國一族的事情、關乎萬民福祉的事情，都深切關注。

小百科

顧憲成（1550-1612年）

　　顧憲成，明代思想家、教育家。顧憲成為人正直，初入仕時已上書直諫明神宗，評論時弊。在吏部（掌管官吏升遷的部門）任職時，適逢首輔（相當於宰相）引退，神宗任命他擬定首輔候選名單，但名單上沒有神宗心儀的人選，顧憲成因而開罪神宗，更被他指責徇私植黨，給罷免官職。顧憲成於是回到故鄉無錫，與高攀龍等學者在東林書院講學，並成為書院主講。除了講學外，顧憲成還會議論政事得失，月旦人物，他的做法引起了朝野關注。東林書院從講學場所漸漸變成輿論中心，從學術團體變成政治集團，反對者稱這些在東林書院談論政事的人為「東林黨」，並藉口東林書院結黨營私，企圖聯結朝中官員，左右朝政。不少知識分

子為了避嫌，不再參與東林書院的講學或議政活動，東林書院江河日下，而顧憲成不久後也在家鄉離世。

名言共賞

　　對聯也稱楹聯、門聯、聯語，由律詩的對偶句發展而來，保留着律詩的一些特點，如上下聯字數相等、詞性相對、平仄相合、內容相關、含義相互銜接而不重複；但對聯只有上聯和下聯，比詩更為精練。不少中國古代建築物門前都掛有對聯，這些對聯往往展示了戶主的期望。掛在無錫東林書院門前的對聯「風聲雨聲讀書聲，聲聲入耳；家事國事天下事，事事關心」便由明代顧憲成所題，展示了讀書人應有的責任，也成為不少中國讀書人的座右銘。顧憲成認為讀書人要專注學習，學習場所除了學子誦讀的聲音外，就只有呼呼的風聲和淅瀝的雨聲，不應有其他干擾。除了要專注讀書，讀書人的眼界不應只停留在書本的知識上，而應該放眼世界，關心「家事、國事、天下事」，做到經世致用，回饋社會。讀書人和國家關係密切，正如《論語・泰伯》云：「士不可以不弘毅，任重而道遠」，讀書人應該志向遠大，意志剛強堅毅，因為他們要協助君主施行仁政，造福百姓。

　　這副對聯除了扼要地指出知識分子的責任外，其寫作技巧也十分出色。上聯列出「風聲」、「雨聲」、「讀書聲」三種聲音，下聯對以「家事」、「國事」、「天下事」三種事情，自是極其工整。另外，作者運用層遞手法，上聯先寫從自然（風、雨）到個人（讀書）這三種自外而內的聲音，下聯則寫家事、國事、天下事這三種由內而外應該關心的事情，在內容上形成一種「外—內、內—外」的往還效果，而上下聯一「入」（聆聽入耳之聲）一「出」（關心耳外之事）的對比，使文氣迴蕩有致。這副對聯構句精妙，既發人深省又易於背誦，無怪能由明代傳誦至今。

名言活學

中國傳統認為讀書人除了學習書本上的知識外，還應該多關心書本以外的事，小至家庭事務，大至國家政事、世界要事，都應做到「事事關心」。現今香港的學生有沒有做到這一點呢？學生「事事關心」時，又有甚麼值得反思或留意的地方？

香港學生時事常識貧乏

【本報訊】最近一所大學的新聞與傳播學系進行了「香港學生時事探知調查」，訪問了約 1000 名中學生和大專生，讓他們回答有關今日香港、現代中國及個人成長的常識問題。結果顯示大部分香港學生常識貧乏，例如有超過兩成人不知道現時的國家主席是誰、超過四成人不知道本地郵費是多少。訪問機構的發言人指香港學生較少關注社會時事，建議他們多從不同的媒體吸收資訊。

❂ 為甚麼現時社會資訊流通，學生卻做不到「事事關心」？

學生罷課參與社會運動

【本報訊】近日，香港不少中學生為了追求民主和落實雙普選，佔領金鐘政府總部一帶的道路以表達訴求，當中有不少是應屆的文憑試考生。這些學生放棄上課，連日留守，並在街頭設立臨時自修室，希望做到「罷課而不罷學」。有大學生發起義務補習，教導缺課的中學生，協助他們趕上課程進度。

❂ 關心社會大事時，學生應該怎樣平衡學業和表達訴求？

名言活用

　　以下題目要求我們談談讀大學的意義，構思文章時，可從個人、社會等角度出發，想一想讀大學的意義，並反思大學的價值。寫作時，我們可嘗試運用古人「家事國事天下事，事事關心」一句說明個人觀點，增加文章的說服力。

> **題目** 不少學生為了入讀大學，終日刻苦學習，你認為讀大學有甚麼意義呢？試談談你的看法。

示 例

　　讀大學，不僅是文憑試考生的理想，也是家長對子女的期望。不少學生埋首苦讀，勤上補習班研習考試技巧，甚至停止一切課餘活動，日以繼夜地苦讀。他們花上最少三年寶貴的光陰在文憑試上，然而，有多少人認真思考過讀大學的意義呢？

　　對一般人來說，讀大學是個人能力的證明，也是達成父母「望子成龍」的心願的指標。大學學位競爭激烈，2014年約有八萬人應考文憑試，然而大學聯合招生的學額只有約一萬二千五百個，也就是說大約七名考生中只有一人可以升讀大學，能讀大學的考生無疑是同一屆考生中**出類拔萃**的一羣。

　　對於家境清貧的人來說，讀大學

⊚ 增分點

★ **由個人經歷切入，有助構思內容**：面對一些超越自己生活經驗的寫作題目時，可嘗試先從「個人」的角度來思考寫作內容。本文要求談談讀大學的意義，對未讀過大學的中學生來說，可以想一想讀大學對自己的好處，作為討論的起點，這樣會較容易構思文章內容。

更是改善生活環境的方法。看看時下報紙和互聯網上的招聘廣告，你會發現待遇較好的工作大都要求應徵者是大學生。清貧學生如能入讀大學，代表他們已經得到這張「工作入場券」，有望脫離貧窮。

不過，讀大學的意義是否這麼**狹隘**，只對個人有益？大學是一所研究學術、培訓專業人才的地方，讀大學除了滿足個人對知識的追求外，也能讓前人的學術和研究成果承傳下去。例如早在十九世紀末，物理學家已經發現了光的折射原理，並推測光線可以應用在通話傳輸方面，到了1960年代，香港人熟知的「光纖之父」高錕教授發表了論文，證明用玻璃纖維（光纖）作為傳輸光線的媒體，可以實現前人以光通訊的說法，後來經過其他學者努力研究，我們現在已經可以用光纖與世界各地的人快速互通消息。光纖的發明和應用是經過不同學者鑽研而成，讓人在前人的基礎上開拓新領域，貢獻人類。

香港中文大學校長沈祖堯教授曾說：「我相信一所大學的價值，不能用畢業生的工資來判斷。更不能以他們開的汽車，住的房子來作準，而是應以它的學生在畢業後對社會，對人類的影響為依歸。」沈校長的話，簡要

★ 多了解切身話題，儲備寫作材料：中學生的人生閱歷較淺，要補充不足，平日就得多了解與自己有切身關係的事。例如本題要求寫讀大學的意義，中學生如果對讀大學沒有基本認識，就難以寫出有見地的文章。

地道出讀大學的最重要意義——裝備自己以影響社會。自古以來，中國知識分子都有「**家事國事天下事，事事關心**」的責任。當社會發生不公義的事情時，學生都是願意站出來的一羣，而大學教育着重訓練學生獨立思考、明辨是非，從而令他們為公義發聲時更有理有據。知識分子**任重道遠**，我們怎能只視讀大學為進入理想職場的踏腳石？

　　但願埋首書堆苦讀的莘莘學子，不要忽略讀大學最重要的意義。從書堆中鑽出來，認清對承傳學術，對維護公義的追求和執着，這才不枉費社會給予我們接受教育的機會。

★ **善用語例，加強說服力：** 提到讀大學的意義時，我們可以想一想，在眾多教育學家中，有誰的觀點和自己接近，而那位教育家曾說過甚麼話？若能引用相關權威的話，便能加強論點的說服力。

問學之道

12 學而時習之，不亦說乎？

《論語・學而》

名言溯源

古文

子曰：「學而時習之，不亦說乎？有朋自遠方來，不亦樂乎？人不知而不慍，不亦君子乎？」

《論語・學而》（節錄）

今譯

孔子說：「學習到知識，能夠在適當的時候實踐，不是使人喜悅嗎？有志同道合的朋友從遙遠的地方來，不是讓人快樂嗎？不被別人理解，卻不怨恨的人，不也是君子嗎？」

小百科

《論語・學而》

〈學而〉是《論語》的第一篇，宋儒朱熹曾評〈學而〉：「此為書之首篇，故所記多務本之意，乃入道之門，積德之基，學者之先務也。」指出這篇放在全書之首的原因：講述儒家思想中最根本的道理，有助引導初學者學習儒家思想。〈學而〉分十六章，內容廣泛，包括求學之道、修身治國的道理、禮樂主張等，當中不少道德規範仍流行於世，如「三省吾身」（自我反省）、「言而有信」（說話要有誠信）、「過則勿憚改」（犯錯要改過）等等。

名言共賞

學習是孔子最大的樂事，《論語・述而》提到他「好學樂道」，為了學習常常忘記吃飯和睡覺，甚至不察覺衰老快要來到。那麼孔子認為應該怎樣學習呢？《論語・學而》首句「學而時習之，不亦說乎」就提供了答案。這句話常被人誤解，以為孔子說學習知識後，反覆溫習就會感到喜悅。按常理來說，人反覆溫習同一知識，應該感到沉悶，又怎會喜悅呢？其實這裏的「習」不是指「溫習」，而是指「實習」，即我們實踐所學，從而得到新知識和領悟，這才是學習令人感到喜悅和有趣的地方。所以「學而時習之，不亦說乎」的真正意思是：學到的知識，可以在適當的時候實踐出來，從而獲得新的知識和領悟，因而使人喜悅。這句話揭示了提升學習境界的關鍵，從單純的接受知識，發展到把知識融會貫通，有所得着。

孔子認為做到「學而時習之」的人，就能學有所成。如果才學為人所知，不但能使身邊的人心悅誠服，還能吸引在遠方志同道合的人前來請教，大家互相切磋，把個人學習的「獨樂樂」，推展為與人切磋的「眾樂樂」，做到「有朋自遠方來，不亦樂乎」。如果才學不為人知，又該如何自處？孔子說：「人不知而不慍，不亦君子乎？」身為君子，即使別人不知道自己的才能，沒有拜訪自己，也不用怨恨，要保持平常心。孔子通過三句話說明了學習的三個層次：自修的功夫、立人的成效、治學有成後的修養。歷來學者對這三句話的關係都有不同的理解，但大多認同「學而時習之」是學習的根本，也是治學的正確態度。

只要明白「學而時習之」的樂趣，即使身處困境，也不會放棄學習。晉朝的車胤家境貧困，但他仍然堅持學習，最終學有所成。讓我們通過以下的漫畫故事，看看他怎樣在逆境中求學。

晉朝時，有一個孩子叫車胤，與父親相依為命。

他們的生活貧苦，窮得連燈油也買不起，夜裏不能點燈。

所以，晚上在家裏，他們幾乎伸手不見五指。

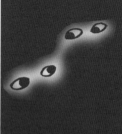

車胤每天早上都幫忙種田。

休息時，他會爭取時間讀書。

由早上一直忙到黃昏才回家。

吃過晚飯後，他就在房子後的空地，靠微弱的月光讀書。

在一個夏天的晚上，車胤如常在屋外讀書。

他看到許多螢火蟲在草叢間飛舞，散發着微弱的光芒。

如果把螢火蟲收進紗袋裏，牠們發出的光不就可以照亮房子嗎？

為了能夠在夜裏讀書，車胤每晚都去捉螢火蟲。

他把螢火蟲放進白紗袋，吊在房間裏。

車胤藉着螢火蟲的光埋首夜讀。

他一直孜孜不倦，終於學有所成，長大後成為一個報效國家的好官。

名言活用 ✏

「學而時習之，不亦説乎？」説明了學習的樂趣，寫作時引用這句名言，有助表達喜歡學習的心情。以下題目要求就古希臘劇作家米南德的名言，記述個人最深刻的學習經歷。寫作時，要先了解題目中名言的意思——懂得學習是幸福的，然後找出與這種體會有關的經歷。寫作這類借事抒情的文章時，關鍵是所記的事（學習經歷）必須與所抒的情（懂得學習是幸福的）緊密扣連，這樣才能使情感具體深刻，感染讀者。

| 題目 | 「學會學習的人，是非常幸福的人。」試就個人對這句話的體會，記述你在學習生涯中最深刻的經歷，並以「學習」為題，撰文一篇。 |

示 例　　　　　　　🎯 增分點

　　我曾經討厭學習，覺得讀書無用，虛度光陰。從來沒有人能夠回答我，為甚麼我們要學習數學方程式？為甚麼美術老師總要強迫毫無藝術天分的我畫畫？用老師規定的句式完成**千篇一律**的英文練習，又有何意義？在初中時，我找不到半點學習的樂趣，幸而，高中時我遇上中國文學科的李老師，才讓我慢慢了解到，學習原來不僅是對知識的掌握，更是對生命的欣賞。

　　中國文學是一門充滿人情味的學科，讓我**尚友**古人，進入他們複雜的

✪ 設計別出心裁的開首，吸引讀者：在文章開首先寫出自己本身十分討厭學習，卻因中國文學科的李老師而有所改變，從而吸引讀者繼續閱讀，追看她怎樣使「我」改變。

內心世界，放眼**浩瀚**的歷史洪流。讀過屈原的〈涉江〉，我才知道古人對理想的執着，繼而反思自己的志向；讀魯迅的〈藥〉，勾起我的民族情感，為中國人的愚昧而痛心疾首。每一篇文學作品，都是古人思想的一部分，當我們賞析這些作品時，他們的思想亦得以延續。中國文學科令我懂得欣賞生命，進入別人的世界，從而豐富自己的生活。

引導我探索文學世界的人，就是李老師。初中時，李老師任教我班中文科。她是一位溫柔和善的女士，年約四十歲，個子嬌小，平日沉厚寡言，上課時語速不緩不急，像智者一樣沉穩。她十分**仰慕**孔子，常告訴我們孔子偉大之處在於他好學不倦，期盼我們仿效孔子，喜歡讀書，愛上學習。那時候我不明白，學習怎麼會是樂事，只覺得要**死記硬背**課本上的資料是苦差，更不理解所學的知識有何價值。

然而，上過第一堂中國文學課後，我的想法完全改變了。文學課的第一堂，李老師先請我們閉上眼睛，然後以**抑揚頓挫**的聲音朗讀出李白的名句「**天生我材必有用，千金散盡還復來**」。她藉此鼓勵我們，人總有自己的價值，哪怕學業成績不好，我們還是

★ **人物形象鮮明，刻畫細緻**：運用肖像、語言和行動描寫，刻畫影響自己學習的重要人物——李老師，令李老師的形象更立體鮮明。描寫人物時，必須選取最能呈現人物性格、特徵的話語和行為，不然便會失卻描寫的意義，也無法突出寫作對象對自己的影響力了。

有其他優點的，只是仍未發掘出來而已。我永遠記得她曾說：「現在的中文科，以考核大家的語文能力為主，只有中國文學科，才可以讓你們無拘無束地穿梭時空，學習中國傳統文化中的美善。」李老師**侃侃而談**，眼裏閃耀着喜悅的神色，我喜歡中國文學，就是被她的神采所感染。

李老師不時跟我們推介一些課外書，擴闊我們的眼界。她曾在教畢韓愈〈進學解〉後，向我們推薦朱光潛的《給青年的十二封信》，使我認識求學的方法，也知道面對苦難與挫折時該如何自處；從《假如給我三天光明》到《承教小記》，我明白到學習是一種自我超越的過程，甚至能啟發別人，讓人明白到能夠學習是多麼可貴的。李老師的教導，一本又一本的課外書，都令文學科變得有血有肉，連繫生活。

從前，我厭倦學習，認為讀書不過是紙上談兵，課程毫無生命力，學校是一所囚禁我的監獄。如今，我被李老師這道清風喚醒，令我漸漸體會到「**學而時習之，不亦說乎**」的道理。現在我樂於學習，並主動發掘其他學科的樂趣。原來學會學習，是一件多麼幸福的事！

★ 積澱素材，用於寫作：記述李老師的行為時，可以挑選一些合適和具體的素材，如老師推薦的文章和書籍等。要文章言之有物，我們平日應多留意身邊事物，積澱不同的素材，以便在寫作時取用。

★ 首尾呼應，突出主題：呼應首段，重申李老師使自己樂於學習，並借用題目中米南德名句的意思，作為全文總結，令文章結構完整，主題突出。

13 玉不琢，不成器；人不學，不知道。

《禮記‧學記》

名言溯源

古文

玉不琢，不成器；人不學，不知道。是故古之王者，建國君民，教學為先。〈兌命〉曰：「念終始典于學。」其此之謂乎！

《禮記‧學記》（節錄）

今譯

玉沒有經過琢磨，就不能成為有用的器物；人沒有受過教育，就不會知曉道理。所以古代帝王，為了建立國家、統治人民，都以教學為首要任務。〈說命〉說：「由始至終都想着學習。」就是這個意思！

小百科

▷《禮記‧學記》

《禮記》是儒學經典之一，大約成書於戰國時期，現流傳的是戴聖修訂的《小戴禮記》，而〈學記〉是其中一篇。〈學記〉可說是中國最早的教育論著，全篇共二十節，主要講述古代教育的目的、方法和理念、教學上成敗得失的教訓，以及教師的重要。〈學記〉先闡述教育具教化作用，有助統治者管理人民，然後寫

出古代學校的規模、視學和考核學生成績的方法；其次，提出一些教學理念，如「常規課堂與課外活動並重」、「因材施教」、「由淺入深」等等，又指出教學上成功與失敗的例子和教訓，以警惕教師；最後，提出教師在教學中的重要作用，以及尊師重道的必要。雖然〈學記〉寫於二千多年前，但當中的一些教學理念仍適用於現今社會，值得教師參考。

▷ 〈兑命〉

〈學記〉所提到的〈兑命〉，根據東漢學者鄭玄考證，是指《尚書》中的〈説命〉篇，「兑」字是「説」字的誤記。《尚書》是中國最早出現的一部史書，又稱《書經》，記載了由傳説中的堯、舜時代，夏、商、周三代至春秋時期秦穆公的君臣對話。書中分〈虞書〉、〈夏書〉、〈商書〉和〈周書〉四書，〈説命〉就出自〈商書〉，記載了高宗與傅説的對話，分上、中、下三篇。

▷ 玉器

自古以來，中國人都十分重視玉，玉的地位甚至比金、銀、銅等稀有金屬更高。玉具有深厚的文化意義，據《周禮‧春官‧大宗伯》所載：「以玉作六器，以禮天地四方：以蒼璧禮天，以黃琮禮地，以青圭禮東方，以赤璋禮南方，以白琥禮西方，以玄璜禮北方。」由於玉蘊藏於山川之中，古人視之為天地精華，為人與天地神靈溝通的工具，於是以玉為禮器，祭祀天地四方；玉還能造成皇帝的印章（即玉璽）、百官封爵時的信物、君主下令所用的玉符等，是最高的權力象徵。到後來，玉更成為貴族身份和品德的象徵，孔子曾言「君子比德於玉」，佩帶玉器就代表有高尚品德。古人還相信玉能保護死者身體，以求來世重生，故在不少出土的貴族古墓中，會發現玉琀（放在死者口中的玉石，多為蟬形）、金縷玉衣（用金線穿起玉片所製成的殮服）等。

名言共賞

談到學習，我們常以「玉不琢，不成器；人不學，不知道」來勉勵人勤加讀書。這句話出自《禮記‧學記》，表達了儒家對教育的重視。玉是藏在粗糙石塊（玉璞）中的寶石，玉璞剖開後，還得經工匠精心琢磨，才能成為美玉。古人以玉為喻，認為未受過教育的人與玉璞一樣，有着美好的本質、天賦的才能，必須經過學習（琢磨），才可以成為知曉道理的人才，幫助君主治理國家。古人認為玉有五德，分別是仁、義、智、勇、潔，並以它來象徵君子。因此，以琢玉來比喻學習，也有盼望人修養品德，成為君子之意。名句以玉喻人，饒有深意。

那麼要知曉甚麼「道理」才能成為學識淵博、品德高尚的人呢？「道」指儒家的「聖人之道」，即大學之道和五倫之道，是才德兼備的治國人才必須知曉的道理。「大學之道」即《禮記‧大學》提到的「修身、齊家、治國、平天下」；而「五倫之道」即《禮記‧中庸》所述的「君臣、父子、夫婦、兄弟、朋友」五種人倫關係。儒家相信，如能做到《孟子‧滕文公上》所言「君臣有義，父子有親，夫婦有別，長幼有序，朋友有信」（君主施行仁政，臣子忠心為主；父母慈愛，子女孝順；丈夫、妻子各有職責，男主外、女主內；兄弟姐妹和睦，互相敬愛；朋友之間講求誠信），社會就能穩定發展。統治階級受過「聖人之道」的教育後，他們的嘉言善行便能影響百姓，形成良好民風，達致天下太平。

人在認識聖人之道以後（知道），就像玉璞一樣，脫胎換骨，成為貢獻社會的良才。然而不是所有地方都適合學習，所謂耳濡目染，只有在良好的環境學習方能有所成就。以下的漫畫故事發生在戰國時期，講述孟母為了讓兒子得到適當的教育，曾搬家三次，並以斷布為喻勉勵兒子勤奮學習，最終兒子學有所成，成為傑出的教育家——孟子。

戰國時代，有一個名叫孟軻的小孩。

孟軻

孟軻三歲喪父，由母親獨力撫養。

由於孟軻生性好動，孟母花了很多心思來管教他。

最初，孟軻跟母親住在墓園旁，孟軻常看見送殯的隊伍經過，他便哭着模仿送殯隊伍，以此取樂。

母親認為住在墓園旁對兒子有不良影響，於是搬到城裏居住。

可是，在鬧市中，孟軻每天都扮攤販叫賣，比之前玩得更起勁。

全城最便宜！

於是，孟母搬到一所學校旁，認為那裏環境清靜，是孩子學習的理想環境。

可是，孟軻還是不肯定下來唸書。

孟母氣憤難當。

於是她把正在編織的布匹割斷了。

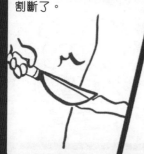

求學就像織布一樣，布匹割斷了，就不能修補！

孟軻終於明白讀書的重要，

自此孟軻發奮圖強，學習母親織布的決心，勤奮學習。

最終，孟軻學有所成，成為傑出的教育家、思想家，更成為儒家的代表人物，後世尊稱他為「孟子」。

名言活用 ✏️

「玉不琢，不成器；人不學，不知道」表達了古人對學習的重視，寫作與學習或教育有關的文章時，不妨多加引用。以下的寫作題目要求我們表達對學校教育的看法，寫作時可嘗試運用正反論證，以突顯題目所述的看法有甚麼不足的地方。

題目 有人認為學校教育對學習成效的影響最大。試談談你的看法。

示例

古人說：「**玉不琢，不成器；人不學，不知道。**」中國人向來重視學習，特別是對子女的教育。每年在公佈中小學統一派位結果的月份，在電視或報章上，我們常見到以下畫面：學生得悉獲分配理想的學校，和父母一起**如釋重負**，相擁而笑；派位結果不理想的，學生不禁抱頭痛哭，父母則忙於四出「叩門」，以求子女能入讀心儀的學校。這個現象帶出一個信息：不少家長認為學校教育對子女學習的影響力極大，所以千方百計把子女送到最好的學校，期望師資優良和設備完善的好學校能把子女培育成學識**淵博**的人才。然而，這些外在的條件真是決定學習成效的關鍵嗎？

🎯 增分點

✪ 由名言、生活例子引入，使立論明確清晰：在首段先舉關於學習的名言和生活例子，帶出父母重視子女教育的現象，然後明確地陳述個人論點，既吸引讀者注意，又能點明題旨。

學校無疑能循序漸進地教授學生知識，幫助他們打下穩固的學習基礎。不過，是否不在學校讀書，學生就不能學有所成呢？談到學習成效，我認為家庭教育比學校教育的影響力更大。著名儒學大師孟子就是一個好例子。孟子小時候，孟母曾三次搬家，最後搬到學宮旁邊，就是為了讓孟子能在良好的學習風氣下讀書，然而孟子的學習態度仍然**散漫**，孟母見兒子不思進取，便把編織中的布匹割斷，勸喻孟子專心學習。最終孟子改掉陋習，發奮圖強，成為出色的學者，**流芳百世**。顯然，良好的家庭教育也能幫助我們建立正確的學習態度，提升學習成效。

在香港，小學以至中學的教育均受課程所限，學校主要教授書本上的學術知識，缺乏生活技能的訓練，加上有些做人處事的道理難以由老師講授，必須從實踐中獲取，所以我們在學校所學到的知識其實有其局限，而社會教育正好**彌補**學校教育的不足。所謂社會教育，指我們在日常生活中，通過待人接物而取得知識或經驗，《論語》說「三人行必有我師焉」，只要我們平日多觀察、思考，便能從其他人身上學到實際有用的生活技能，以及做人處事的道理。相比短短

★ **正反論證，突出論點**：清楚表明個人論點，然後運用舉例論證，以歷史人物孟子的事迹支持論點；接着運用反面論證，指出學校教育的局限，然後說明社會教育，以及積極的學習態度怎樣彌補不足，使論點更具說服力。

十數年的學校教育，社會教育伴隨我們一生，其影響力實在不容忽視。

即使沒有機會上學，只要抱着積極的學習態度，也可獲得知識，甚至自學成才。西漢匡衡便是其中的**佼佼者**。匡衡十分好學，但他出身農民家庭，家境十分貧困，父母不僅沒有能力供他上學，甚至連書本也買不起。即使如此，匡衡也沒有放棄學習，他向別人借書自學，到晚上讀書無蠟燭可用時，他便鑿穿與鄰居相連的牆壁，借鄰居的燈光來讀書。匡衡**鑿壁偷光**、**埋首苦讀**，最終成為西漢著名的學者。可見積極的學習態度可突破客觀環境的限制，讓人自由地在學海暢泳。

學海無涯，我們終有一天會離開學校，不能永遠依賴學校的幫助，在學習上，學校只扮演着輔助的角色，最能影響學習成效的，始終是我們的學習態度。

✪ 引申觀點，鞏固立場：重申學校對學習知識的影響力並不如題目所言的重要，並引用歷史人物的例子，引申論述學習態度才是影響學習成效最大的因素，進一步鞏固個人論點。

14 讀書破萬卷，
下筆如有神。

杜甫〈奉贈韋左丞丈二十二韻〉

名言溯源

古文	今譯
紈袴不餓死，	富家子弟不會餓死，
儒冠多誤身。	讀書人卻大多潦倒困乏。
丈人試靜聽，	請前輩您嘗試靜心聆聽，
賤子請具陳。	讓我詳細地陳述。
甫昔少年日，	我(杜甫)年少的時候，
早充觀國賓。	早就充當觀國光的王賓(應考進士)。
讀書破萬卷，	把萬卷書讀得透徹了，
下筆如有神。	執筆寫作時如有神助。
賦料揚雄敵，	我的賦能與西漢辭賦家揚雄匹敵，
詩看子建親。	詩作能夠與建安詩人曹植看齊。
李邕求識面，	大文豪李邕主動來與我會面，
王翰願卜鄰。	名詩人王翰也願意與我為鄰。
自謂頗挺出，	我自覺是個傑出的人才，
立登要路津。	馬上就要獲委任重要的職位。
致君堯舜上，	我必使君主達到堯舜的境界，
再使風俗淳。	重現民風純樸的太平盛世。

杜甫〈奉贈韋左丞丈二十二韻〉
（節錄）

小百科

▷ 杜甫（712-770 年）

　　杜甫，字子美，唐代著名詩人。杜甫才華洋溢，七歲已能作詩，二十四歲到洛陽參加進士考試，惜名落孫山。天寶六載，他赴京應試，因主考官李林甫破壞而落第，之後十多年旅居京城長安，奔走獻詩，鬱鬱不得志。安史之亂前後，杜甫曾任小官，但因遭人陷害被貶華州，及後離開朝廷，四處飄泊流離，最後在貧病交迫下離世，終年五十九歲。杜甫一生潦倒，但文學成就卻卓越超羣，後世學者認為杜甫的作品呈現憂時傷國之情，反映當時動盪的政局，故稱他為「詩史」，又因其作品對後世影響深遠，而譽他為「詩聖」。杜甫的作品被後人輯錄成《杜工部集》，著名作品有〈兵車行〉、〈春望〉、〈自京赴奉先縣詠懷五百字〉、「三吏」（〈石壕吏〉、〈新安吏〉、〈潼關吏〉）、「三別」（〈新婚別〉、〈無家別〉、〈垂老別〉）等等。

▷ 〈奉贈韋左丞丈二十二韻〉

　　這是一首五言古詩。「韋左丞」即韋濟，時任尚書省左丞相，非常欣賞杜甫的詩。杜甫視韋濟為知己，借此詩感謝他的知遇之恩，也感歎有志未伸的鬱悶。古詩兩句有一韻，詩題中「二十二韻」指本詩有二十二個韻，共四十四句。上頁引文便節錄了這首詩的首十六句。

　　此詩寫於唐代天寶七載 (748 年)。天寶六載，唐玄宗下詔全國有一技之長的人到京師應試，杜甫滿懷希望應試，豈料主考官丞相李林甫為了阻止文人批評朝政，竟對玄宗稱「野無遺賢」，所有士子都不被取錄。這首詩就是杜甫落選一年後，在最失意潦倒的時候所寫的，詩作盡訴政治的抱負、仕途失意的憤慨和生活的窮困，也抨擊惡劣的社會風尚，被公認為杜甫生平最重要的自述詩。

名言共賞

　　我們稱讚別人學識淵博，文章了得，不時會用上杜甫的名句「讀書破萬卷，下筆如有神」，意謂把萬卷書讀得透徹了，執筆寫作時如有神助。句中的「破」字，至今有三種理解，第一是「博覽羣書」，突破學校或課程的限制，大量且廣泛地閱讀，才能獲得豐富的知識；第二是「熟讀至書本磨破」，表示讀書時要反覆研讀，直至讀懂書中道理為止，猶如孔子「韋編三絕」的故事一樣（孔子勤讀《易》，曾三次弄斷編聯竹簡的皮繩）；第三是「識破書中道理」，抓着重點和精華，精通當中道理。這三點都是學習的訣竅，只要做到「多讀」、「熟讀」、「精讀」，就能吸收文章精華，寫作時自然得心應手，如有神助。杜甫就做到「讀書破萬卷」，所以能寫出大量佳作。

　　杜甫天賦文才，閱讀能力高，寫作能力亦佳，據說他七歲已背誦經典無數，也能作詩，少年時文學造詣已比許多文人優秀。如此學富五車，能力非凡的人，理應能在朝廷謀得一官半職，效力國家，可惜杜甫卻在二十四歲時名落孫山，未能一展抱負。可以想像當他寫下〈奉贈韋左丞丈二十二韻〉時，走筆至「甫昔少年日，早充觀國賓。讀書破萬卷，下筆如有神。賦料揚雄敵，詩看子建親」時，表面上句句自鳴得意，其實內心是多麼的糾結感慨，抑鬱難抒。

　　〈奉贈韋左丞丈二十二韻〉全詩情感起伏波動，詩意曲折。詩的上部可見杜甫胸懷鴻圖大志要貢獻國家，感情壯志激昂，名句「讀書破萬卷，下筆如有神」的「破」字氣勢非凡，形象生動，彷彿能夠看到杜甫從書卷堆中破出的動態，也顯示了杜甫的寫作功力非凡，用字精煉生動。要像杜甫般寫出佳作，不妨參考他「讀書破萬卷」的方法，加上努力練習，相信要練就下筆如有神的功力指日可待。

名言活學

「讀書破萬卷，下筆如有神」精妙地道出了閱讀和寫作的關係，那麼我們平日閱讀和寫作時，有甚麼地方要留意呢？

湯水書資料錯誤　依書服用恐中毒

【本報訊】醫院管理局公佈過去五年間，共接獲五宗中毒個案，五名市民依照坊間湯水書籍的內容，服用不當或過量的中草藥而中毒。當中以一名七十七歲老翁的個案最為嚴重，他按書中建議，服用過量的製川烏和草烏，導致烏頭鹼中毒，出現呼吸困難、低血壓、心律不正等症狀，需送入深切治療部治理。由於事態嚴重，衞生署要求回收公共圖書館中相關的湯水書籍。

✪ 閱讀不同種類的書籍時，如何分辨哪些資料可信？

港生寫作能力有待改善

【本報訊】根據調查顯示，香港學生的寫作速度與內地學生相差接近2.5倍。以寫作一篇六百字的文章為例，香港學生一般要用上七十分鐘來寫作，內地學生則能在四十五分鐘內完成，可見香港學生的寫作能力遠遜內地學生。有學者建議香港學生在初小開始接受寫作訓練，學習作文策略，如運用腦圖、腦力激盪法等等，以提升寫作能力。

✪ 閱讀是不是提升寫作能力的惟一方法？

名言活用 🖊

要做到「讀書破萬卷，下筆如有神」，需要有堅持的態度，只要持之以恆地閱讀，博覽羣書，就能寫出好文章。遇上以學習或寫作為題的文章時，不妨引用這句名言以自勉或鼓勵他人。以下題目要求我們續寫文章，寫作前宜先了解題目中的訊息和提示，然後才下筆。寫作的關鍵在於能表達「我」刻苦溫習的原因及情況，並具體刻畫「我」的心情變化，豐富文章內容。

> **題目**
>
> 「今天在文憑試成績表上，我見到這一科的成績，就覺得這幾個月來的努力沒有白費，怎樣刻苦溫習也是值得的！」
>
> 以上是文章的第一段，試續寫這篇文章，說說這幾個月來發生的事情和感受。

示 例

英文科曾經是我最弱的科目，我每次收到英文科測驗卷都不免沮喪——又是在及格邊緣**徘徊**！英文科陳老師曾多次勸我努力溫習，她說「**讀書破萬卷，下筆如有神**」，我若想改善英文水平，提升英文寫作的能力就要多讀英文課外書，她還推薦了幾本適合我看的故事書。這些道理我又怎會不知道呢？只是每一次面對英文科，我都不自覺地逃避，害怕努力會付諸**流水**。我還常常安慰自己：「我只是沒有盡力而已，不及格也是人之常情！」

🎯 增分點

⭐ **呼應題目，交代背景**：根據題目，文章應以第一人稱寫作，交代在過去幾個月「我」怎樣刻苦溫習，並在文憑試中取得理想成績，故在續寫部分的開首宜簡單交代事件的緣起，緊扣題目。

直至那天遇上鄰居李伯伯，我才改變了這個想法。

李伯伯今年六十多歲，是我多年的鄰居。有一天，我在大廈大堂遇上他，想不到他竟以英文跟我問好，還說了好幾句簡單英語，當下我**瞠目結舌**。然後李伯伯笑着跟我解釋，他小時家貧，被迫輟學外出工作掙錢幫補家用，連半個英文字母也沒學過。這兩年李伯伯退休了，他趁還有點精力，便到夜校學習英文，彌補年輕時的遺憾。聽到這裏，我的心情沉重起來，**寒喧**了幾句，便藉口溫習，頭也不回地趕回家。

回到家裏，我一聲不響地走回房間，坐在書桌前，盯着桌上快要封塵的英文練習。這本練習是兩年前姐姐送給我的。還記得她到英國升讀大學前，曾語重心長地勸勉我：「思賢，除了英文科，你其他科的成績都很優異，很大機會考進大學，你要加把勁提升英文水平。有問題儘管問我，多忙我也會教你的！」姐姐不時通過電郵用英文跟我通訊，但我卻總是用中文回覆，或許我害怕在這位英文高手面前**出洋相**吧。想不到，今天竟遇到老年才學英文的李伯伯，真使我感到**汗顏**，也令我反省：難道連老人家也做得到的事，我會做不來嗎？瞥一

☆ **細膩描寫心理，營造真實感**：細膩的心理描寫有助讀者投入文章之中，因此寫「我」改變初衷，刻苦溫習前，可加以刻畫「我」的內心掙扎，讓「我」更立體真實。

瞥牆上的月曆，原來還有不足一年便要考文憑試了，我有可能堅持不懈地溫習英文，在文憑試中考取及格成績嗎？不過自古成功在嘗試，我搔了搔後腦，不想那麼多了，先付出再問收穫吧！

自那天起，我刪除了電腦內所有電子遊戲，開始艱苦的奮鬥。在家裏，我每天最少騰出兩小時來做額外的英文練習和英文作文，並只看英文電視節目和英文報紙；在學校，我趁小息或午休時段背誦英文詞語或佳句，放學後向陳老師請教在課上聽不明白的地方，或找同學一起練習會話。**萬事起頭難**，起初幾個星期，我真的不習慣這種「新生活」，心情十分煩躁，常質疑自己「何必自討苦吃？」但想到陳老師的勉勵、李伯伯的勤奮、姐姐的期許，我便**抖擻**精神，再次埋頭苦幹。

有一次，英文成績與我差不多的允行在午休時**揶揄**我：「思賢，別再**垂死掙扎**了，還有半年左右便考文憑試，你和我一樣都是不可能及格的！」那一刻我曾經動搖，懷疑自己是不是在做無意義的事？不，我不應該這樣想，反正都堅持了好一陣子，只要我堅持下去，相信可以**化腐朽為神奇**，世上無難事，只怕有心人！ 五個月後，

> ✪ **善用襯托，強化人物形象**：運用襯托可突顯人物個性，加深讀者印象。描寫「我」溫習的決心時，不妨以個性相反的人物作反襯，加強人物形象。

我的英文能力終於有所提升，做閱讀理解練習時不用再花上一個多小時查字典，作文也終於取得及格的分數，收看英文新聞時不用再依賴字幕，甚至能用英文跟陳老師交談，我不再感到挫敗了！雖然如此，但我明白以自己的水平，還不足以在文憑試中取得好成績，我要比之前更加努力，增加溫習英文的時間，以取得更優異的成績。

　　一分耕耘，一分收穫，今天文憑試放榜了，我的努力終於得到了回報，英文科的成績遠高於我的預期，現在可以報讀心儀的大學，總算沒有讓一直支持我的人失望。晚上我得寫一封英文電郵，把這個好消息告訴遠在英國的姐姐。

15 業精於勤，荒於嬉；行成於思，毀於隨。

韓愈〈進學解〉

名言溯源

古文

　　國子先生晨入太學，招諸生立館下，誨之曰：「業精於勤，荒於嬉；行成於思，毀於隨。方今聖賢相逢，治具畢張。拔去兇邪，登崇畯良。占小善者率以錄，名一藝者無不庸。爬羅剔抉，刮垢磨光。蓋有幸而獲選，孰云多而不揚？諸生業患不能精，無患有司之不明；行患不能成，無患有司之不公。」

韓愈〈進學解〉（節錄）

今譯

　　國子監老師（韓愈）早晨走進太學，召集一眾學生站在學館前，教誨他們說：「學業精進由於勤奮，荒廢則由於嬉戲；德行有成由於深思熟慮，敗壞則由於任性隨便。當今聖君賢士相遇，各種法律政令健全地施行。除去兇惡奸邪的人，提拔才德優秀的人。稍有長處的人都被錄用，懷有一技之長的人，沒有一個不獲聘用。細心搜羅、選擇人才，像琢磨玉器般培訓他們，為他們除去缺點，發揚優點。只有才行不足卻僥倖獲選的人，怎會有賢能的人不被舉用？你們只要擔心學問不能精進，不要擔心主管沒有知人之明；你們只要擔心德行不能有成，不要擔心主管選拔不公平。」

小百科

▷ 韓愈（768-824 年）

　　韓愈，字退之，祖籍昌黎郡，故又稱昌黎先生，唐代政治家、文學家。自小文才出眾，十九歲開始考科舉，惜幾經挫敗，至三十四歲才能出任小官國子博士，後任監察御史、兵部侍郎等不同官職。他不畏強權，忠君愛國，曾因得罪重臣、宦官甚至天子，而屢遭貶謫，仕途並不順暢。寫作〈進學解〉時，他已是第三次調任為國子博士，但這無礙他為政為民的志向，不論在京城還是在偏遠的地方，他都甚有政績，受人民愛戴。

　　除了政績為人稱頌，韓愈的文學成就也十分卓越。他的散文內容豐富，形式多變，氣勢磅礡，說理透闢，句法駢散交錯，富藝術特色。為了改變魏晉南北朝流於形式、內容空泛的萎靡文風，韓愈積極推動古文運動，主張「文以載道」，即文章要彰顯儒家之道，不能只重形式，要言之有物，不平則鳴。他不但提出了古文創作理論，還寫下大量優秀的古文，對後世古文創作影響深遠，被列為「唐宋古文八大家」之首，蘇軾也稱頌他「文起八代之衰，道濟天下之溺」。

▷ 「解」

　　古代論說類文體繁多，「解」是其中一種，主要以辯解疑惑，解駁紛難為主，韓愈擅寫這類文章，著作有〈進學解〉、〈獲麟解〉、〈擇言解〉、〈通解〉等等。其他常見的古代論說類文體還有「說」（如周敦頤〈愛蓮說〉）、「論」（如賈宜〈過秦論〉）、「辯」（如柳宗元〈桐葉封弟辯〉）等。閱讀古文時，不妨留意篇名所示的文體，這有助我們掌握文章大意。

名言共賞

〈進學解〉是一篇千古傳誦的文章,更是中學文憑試文學課程的指定閱讀篇章。「進學」指使學生在學業和德行上都有所精進,而「解」則指文章是為了辯解疑難而寫的論說文,顧名思義,〈進學解〉就是一篇辯析為何要精進學業和德行的論説文。名言「業精於勤,荒於嬉;行成於思,毀於隨」就是出自〈進學解〉第一段,意思是學業精進由於勤奮,荒廢則由於嬉戲;德行有成由於深思熟慮,敗壞則由於任性隨便。韓愈認為,只有勤奮學習,吸收不同的知識,在學業上才能精進;終日只顧嬉戲玩樂,就沒有時間研習知識,學業也因而荒廢。在修養德行上,如果做事隨心所欲,不顧後果,沒有想清楚事情是否符合禮節,也就不可能有良好的德行修養。由此可見,我們的學業和德行是否有成,在於有沒有警惕自己時刻自律,而不耽於逸樂。

韓愈繼承儒家學説,主張「文以載道」,他的文章處處彰顯儒家之道。他在〈原道〉中指出先王之道就是儒家之道,以此批駁當時流行的佛老之説,並説明實行儒家之道的好處,勸喻國君恢復儒道。此外,他在〈進學解〉中提出「進學」的方法,也與儒家思想一脈相承。「業精於勤」與儒家「學而不厭」(努力學習、實踐,不會感到厭煩)的學習態度相似;而「行成於思」則與「克己復禮」(克制自己的慾望,回到合符禮的正道)的修養德性方法如出一轍。

名言中的「業」和「行」,廣義來說,還可以指「事業」和「行為」。以下的漫畫就展示了一個「業荒於嬉,行毀於隨」的故事:北宋徽宗貪圖安逸,不理政務,整天只顧享樂,最終使政治腐敗,國家積弱,讓外族金人有機可乘,入侵北宋,導致亡國。可見耽於逸樂、放任隨心,這些看似無傷大雅的行為,其實足以毀掉一個國家。

宋徽宗趙佶是北宋第八位皇帝，他不務正業，終日耽於逸樂。

宋徽宗

徽宗醉心藝術，造詣很高，更自創書法字體「瘦金體」。

他還追求奢侈生活，不惜勞民傷財，在全國各地搜集奇花異石，用以修建園林宮殿。

徽宗不理政事，任用佞臣。這些佞臣不但橫徵暴斂，更殘害忠良。

當時，以丞相蔡京、宦官童貫二人為禍最深，使民怨載道，民變四起。

此時，北宋內部積弱，覬覦北宋江山的
金人，趁機揮軍南下，入侵北宋。

徽宗無法應付金人入侵，只好禪讓帝位
給兒子欽宗，讓他應付金人，自己則當
上「太上皇」。可是，不久之後，金兵直
搗汴京，徽、欽二帝被俘虜。

宋欽宗

靖康二年，徽、欽二帝被金人廢
黜，貶為庶民，二帝以及數千
宗室隨金人北上，史稱「靖康之
變」。至此，北宋滅亡。

名言活用 ✏️

　　以下的題目要求我們就故事帶來的啟發，寫作一篇文章。寫作前先仔細閱讀故事，思考故事的寓意，並舉例子加以說明。寫作的關鍵在於所得的啟發是否緊扣故事的寓意，所舉例子能否清楚闡述這個啟發。

題目	「一天，父親帶兒子一同攀山，到達山頂後，父親指着山下說：『看，那裏多美！』兒子說：『既然如此，為甚麼我們不在下面看，反而要千辛萬苦爬上來？』父親說：『親自登上山頂看風景，比在山腳看的更美啊！』」 試就這個故事對你的啟發，寫作一篇文章。

示例

　　繁忙的都市生活使我們做事多只重視「結果」，而忽略親身經歷「過程」的美好。正如欣賞山景，我們以為山腳的景觀已夠壯麗，怎料山頂上「一覽眾山小」的氣勢原來更叫人沉醉，這是沒到過山頂的人所不能體會的滋味。

　　這些站在山腳已感滿足的人，就如大多數坐在電視機前欣賞體育比賽的觀眾，他們會替脫穎而出的運動員感到高興，也會向他們熱烈道賀，但運動員站在頒獎台上的狂喜和興奮，他們無論如何也無法感受，因為他們沒

🎯 增分點

✪ 融合故事元素，緊扣題目：抽取題目中故事的元素或片段，加入文章開首，藉此呼應題目，點明題旨。

有經歷艱苦鍛煉，沒有流過相同的汗水。或許我們吃着一樣的果子，但經努力耕耘而得來的果子往往最甜美。

很多人在成名之前，走過了不知多少艱苦辛酸的歲月，而這些歲月卻往往遭人忽略。我們頌讚愛迪生發明了鎢絲電燈泡，改變了人類的生活方式時，可有留意他在成功之前，共嘗試了三千多種材料，才找得出鎢絲？居禮夫婦發現了「鐳」這種治療癌症的放射性物質，但有多少人知道他們是在八噸礦物中才提煉出那零點幾公克的鐳？國父孫中山先生在武昌起義，推翻滿清帝國，建立民國的革命事迹無人不曉，又有多少人談及之前十多次以失敗告終的革命運動呢？這些在山頂上看到的明媚風光，都靠無數的辛勞和失敗來造就，沒有登過山的人豈會明白？

所謂「業精於勤，荒於嬉」，願意登山看最優美、最開闊風光的人，就不能躲懶，要坐言起行，付出最大的努力，攀上山的更高處。鼎鼎有名的奧斯卡獎得主大導演李安，他的成就得來一點也不易。他曾一度失業兩年，只靠妻子外出工作維持家計。在這段困苦的日子裏，他一邊鍛煉自己，一邊耐心等候發展事業的機會，從不放棄，朝着導演夢邁進，一步一步的莫

★ 善用反問，引導讀者反思：連用三個反問句，指出名人在成功前的辛勞和失敗事迹，引導讀者反思自己有沒有忽略別人成功背後的努力，藉此引出自己的觀點。

★ 善用名言，闡述體會：結合適當的名言，闡述怎樣實踐故事的道理，並以現實生活的例子支持自己的看法，既有説服力又具親切感。

定了今天在影壇的崇高地位。**蜚聲**國際，取得殊榮，看似是剎那間的事，但這些其實都是對他一直堅持理想、默默耕耘最有力的證明和回報，他的成功感，又豈是在台下拍掌歡呼的觀眾所能體會的呢？

看不到山上的明媚，固然可惜。然而，不靠實力而**妄圖**看盡風光的人卻是**可鄙**。近年，不時看見市民聲討抄襲歌曲或電子遊戲程式的行為。抄襲者不勞而獲，掠奪人家辛勞的果實，瓜分人家得之不易的成就，我們毫不猶疑地鄙夷唾棄，這也說明走向成功之前所耗的時間、精力是應該受到尊重，有其價值。因此，做事遇到困難時，不妨勉勵自己說：「親自登上山頂看風景，比在山腳看的更美啊！」

✪ 反面論證，突出論點：在文章結尾筆鋒一轉，運用逆向思維，指出不靠實力卻想奪取別人成果的人可鄙，反面論證靠努力而獲得成果的人可敬，藉此突出自己的看法。

16 學如逆水行舟，不進則退。

《增廣賢文》

名言溯源

古文

學如逆水行舟，
不進則退；
心似平原走馬，
易放難收。
　　選自《增廣賢文》

今譯

求學問就像在逆流中行駛的船，不往前駛，
便會被逆流的水沖退；
人的心就像平原上奔走的野馬，放縱容易，
但要學懂克制，知其所止，卻是難事。

小百科

《增廣賢文》

　　《增廣賢文》，又名《昔時賢文》、《古今賢文》，收錄了中國歷史上接近八百句優秀格言、諺語，從清末起風行全國，至民國初年一直是家喻戶曉的作品。清同治年間，學者周希陶重編《增廣賢文》為《重訂增廣》，增補內容達一千七百五十多句。《增廣賢文》匯集了為人處世的各類諺語，體現了儒、釋、道各方面的思想，內容富有哲理，名句如「命裏有時終須有，命裏無時莫強求」、「一寸光陰一寸金，寸金難買寸光陰」等，至今仍為普羅大眾引用和借鑒，故民間有言：「讀了《增廣》會說話，讀了《幼學》（《幼學瓊林》）走天下。」

名言共賞

　　古人很早就明白到，知識猶如大海，是無窮無盡、無邊無際的。《莊子‧養生主》提到：「吾生也有涯，而知也無涯。」知識深廣浩瀚，任誰窮一生精力去探求，也摸不清全貌，這有如我們觀看大海，總是一望無際、深不見底。追求學問的人像在海上航行的旅人，時刻渴望渡過這片汪洋「學海」。可是，海上的浪濤總是向岸沖拍，堅決前進，定要逆水航行，衝破海浪，才不致被推回岸上。學習的道理也一樣，吸取知識，若不溫故知新，便會遺忘所學，被推回學習的開端。

　　「學如逆水行舟，不進則退」這句名言，便是勸勉莘莘學子應奮發向上，時刻拼搏，別讓自己鬆懈下來，否則最終一事無成。這種力求進步的態度，不止適用於求學，套用於人生處世上，也讓人受用無窮。清末思想家及政治家梁啟超曾言：「夫舊而能守，斯亦已矣！然鄙人以為人之處於世也，如逆水行舟，不進則退。」梁啟超一直恪守「不進則退」的原則推行變法救國。光緒年間，他與老師康有為合力推動「維新變法」，雖然失敗，但他沒有放棄，及後積極提倡「新文化運動」，引入西學，以圖振興國家。逆水行舟的改革，在當時受到不少人反對和譏諷；然而今天再看，梁啟超確為中國開啟了政治和知識的嶄新時代。

　　意大利曠世奇才達文西也憑着不斷前進的治學態度而獲得非凡成就。他從十四歲起，每天一絲不苟地練習畫雞蛋。漸漸地，他留意到每顆雞蛋都有微妙的差異，進而到醫院請求允許解剖人體，掌握人體器官、骨骼、血脈的分佈，繪畫了超過二百幅作品，成為出色的畫家。達文西不滿足於只發展藝術的領域，他還致力研究鳥類的骨骼造形和飛行方式，設計出飛行器，成為傑出的科學家。天道酬勤，他的成就，正是建基於他力求新知，不斷向前的學習態度。

名言活學

在學而優則仕的古代社會，追求學問是不少人的畢生志向，而不鬆懈、求進步的學習態度也一直備受推崇。時至今天，「學如逆水行舟，不進則退」仍然是不少家長給子女的叮嚀，希望他們在求學路上發奮，他日有所成就。這當中有沒有值得留意或反思的地方？

如何引領孩子在起跑線上出發？

近年，香港家長愈來愈注重孩子的教育，他們擔心子女發展落後他人，着力催谷年幼子女及早學習各種技能，希望他們贏在學習的起跑線上。坊間一些唱遊班甚至接受家長為年僅六個月大的孩子報名，這真是個怪現象！孩子本應無憂無慮地度過童年，成年人卻為他們設置了一個又一個競技場。

教育有甚麼目的？傳授知識固然重要，但引導孩子想像和探索，啟發孩子積極投入學習，從中得到快樂和成功感，也不容忽視。古人說「性相近，習相遠」，天才兒童畢竟少之又少，撇除先天的因素，孩子與生俱來的學習能力大都不相伯仲，因此在學習的起跑線上，有誰是真正的贏家？孩子怎樣學習，才是決定他們日後性格和能力的關鍵。然而，在漫長的學習路上，怎樣學習才最有效？讓孩子早日練就百般武藝，在學習的路上早日有所成就？還是啟發他們對學習的興趣，令他們享受追求學問的過程，掌握自學的竅訣？一切都值得深思。

✪ 人追求進步的動力來自甚麼？是源於自我的要求，還是來自別人的期許？

✪ 評價一個人成功與否，只以學業成績或工作能力為標準嗎？

名言活用 ✏️

　　每個人都有夢想，而夢想應該合符他人的期許，還是只屬個人的追求？以下是一篇談理想和現實的文章，寫作的關鍵是清晰交代個人的夢想和追求夢想的動力，並突顯個人的追求與現實生活的衝突，從而表達個人的目標與志向。

題目 理想與現實

示 例

　　理想，只是**奢談**嗎？小時候我讀三毛的書，看到一個十來歲，手腳纖細，討厭上學卻愛文學、愛繪畫的女生，**孑然一身**離開台灣，勇闖世界，為的只是見證生命。那一刻，我便相信，即使在**功利掛帥**的香港，我也應該追尋自己的理想。一切全視乎我們敢不敢拿出勇氣，排除萬難，向着**縈繞**心間的一個夢走去。

　　我的理想是甚麼？每當我告訴別人時，都會受到一番**訕笑**或質疑——我想當一名出色的廚師！對，在悶熱的廚房裏揮灑汗水，在**炙熱**的鐵鍋上，純熟地用油輕輕畫出一道弧線，身心投入在一陣迷濛的白煙中，炒出一碟碟美味佳餚。也許，烹調時我會抱怨汗水**肆無忌憚**地弄澀眼睛，但只要

🎯 增分點

⭐ **因應文體，決定選材**：本文題目簡單，寫作體裁不限，形式也較自由，可以是記敍抒情、議論說理或夾敍夾議。下筆前宜先想好寫作形式，定下文章結構，然後因應結構和文體選材，以免文章失去焦點。

想到食客開懷地品嘗我的菜式，並報以欣賞滿足的笑容，我便頃刻充滿力量，二話不說，專注地準備下一道餸菜……這都是我每天都在幻想着，那極其美好的情境！

可是，父母反對我的想法。每當我談及前途時，他們總是**喋喋不休**地提及「現實」：「當廚師哪有前途？」、「你學業成績這麼好，怎可做這種低下的工作？大學唸商科，找一份能賺錢的工作吧！」在香港這個商業社會，人人都說「工字不出頭」，一般人都認為當廚子只因讀書不成，無可奈可下選擇的出路。

父母愛護我，關心我的心意，我當然明白，只是對於他們提到的「現實」，我總是感到疑惑，並辯駁說：「為甚麼廚師是低下的職業？為甚麼成績優異就不能當廚師？不是說『**行行出狀元**』嗎？外國不少廚師都擁有高學歷，而且他們的收入也十分可觀啊！」說到這裏，爸媽總是**眉頭一皺**，歎氣說：「可這裏是香港啊！」就是盼望我**回心轉意**。

事業有成，名利雙收，也許是很多人的理想，可是它不是我的人生目標，為了證明我的話，一直以來，我努力讀書，從不**鬆懈**，矢志當一個高學歷的廚師，扭轉其他人對這職業的

> ✪ **刻畫矛盾，營造真實感**：理想和現實很多時是相對的，突出兩者的矛盾也是本文的寫作重點。宜多花筆墨描述自己身處兩者之間的看法、矛盾和掙扎，以豐富文章內容，同時營造真實感。

偏見。我這樣做，不僅是為了理想而奮鬥，也是為了抵抗功利主義和現實社會的鉗制！如果我順着社會現實的腳步，在文憑試後入讀大學，畢業後投身商界，那我不過是隨波逐流，即使工作應付得來，我也不會感到快樂和滿足。**學如逆水行舟，不進則退，**面對人生和理想，豈不一樣？順流而下，固然輕鬆容易，但這於我而言又有何意義？逆流而上，或許迂迴辛苦，但向着目標前進，**咬緊牙關**衝破重重險阻，即便最後累倒在目的地，勝利的拳頭仍會是實在有力的。爸媽，對不起，我會盡力如你們所願升讀大學，報答你們多年供書教學之恩，不過畢業後，我決意追尋自己的理想，當一名出色的廚師！

　　事事小心翼翼，處處**規行矩步**，因不想冒風險而**畫地為牢**，向現實低頭，我做不到。在往後的日子，也許有更多嘲笑我、打擊我的聲音，但我不會在意。我已決心要推倒那道名為「現實」的石牆，努力實踐理想，讓爸媽明白，前往理想之路，並不虛無，亦不浪費，只要有勇氣，理想的力量會讓我得到最後勝利。

> ✪ 引申名言，申論個人想法：要發揮名言的作用，除了加以引用和闡釋外，也可作進一步反思和延伸，如把「逆水行舟」的概念擴充，套用到人生處世的道理上，並加入個人想法，作出反思或批判，提升文章的立意。

世態人情

17 君子之交淡若水，小人之交甘若醴。

《莊子・山木》

名言溯源

古文	今譯

古文

孔子問子桑雽曰：「吾再逐於魯，伐樹於宋，削迹於衛，窮於商周，圍於陳蔡之間。吾犯此數患，親交益疏，徒友益散，何與？」

子桑雽曰：「子獨不聞假人之亡與？林回棄千金之璧，負赤子而趨。或曰：『為其布與？赤子之布寡矣！為其累與？赤子之累多矣！棄千金之璧，負赤子而趨，何也？』林回曰：『彼以利合，此以天屬也。』夫以利合者，迫窮禍患害相棄

今譯

孔子問子桑雽：「我兩次被魯國驅趕出境；在宋國樹下講學，樹卻遭人砍伐；在衛國被禁止居留；在商、周處於貧困；在陳、蔡兩國受到圍困。我遇到這些患難後，親戚和故交更加疏遠，徒弟和友人愈發離散了，為甚麼呢？」

子桑雽說：「你沒聽聞假國人逃亡的故事嗎？林回放棄了價值千金的璧玉，而背着嬰兒逃亡。有人說：『他是為了錢財嗎？嬰兒的價值太少了！他是為着怕被拖累嗎？嬰兒帶來的拖累太多了！捨棄千金的璧玉，而背負嬰兒逃亡，為甚麼呢？』林回答：『那璧玉跟我以利益相合，這嬰兒則與我的天性相連啊！』通過利益而結合的，遇到禍患災害時會互相拋棄；通過天性相

也；以天屬者，迫窮禍患害相收也。夫相收之與相棄，亦遠矣。且君子之交淡若水，小人之交甘若醴；君子淡以親，小人甘以絕，彼無故以合者，則無故以離。」

孔子曰：「敬聞命矣。」徐行翔佯而歸，絕學捐書，弟子無挹於前，其愛益加進。

《莊子・山木》（節錄）

連的，遇到禍患災害時卻會互相保護。互相保護與互相拋棄相差很遠啊。再說君子之間的交往平淡如清水，小人的交情甘甜如美酒。君子交往平淡卻心性親近；小人交往甜蜜卻容易斷絕。凡無緣無故結合的，也會無緣無故分離。」

孔子說：「我會由衷聽從你的教導。」他慢慢地、悠然自得地回家去，棄絕學問，捨棄書簡，不再讓弟子在自己跟前行揖讓之禮，而弟子對孔子的敬愛卻愈來愈深厚。

小百科

▷ 莊子（約公元前 369-前 286 年）

莊子，名周，字子休，戰國時期宋國著名的思想家，是道家的代表人物。他繼承並發展了老子「道法自然」的觀點，追求逍遙無待（不受限制）的精神自由，認為「道」是萬物的本質，萬物的生長和發展都按照自然界的規律而行，人的意志不可轉移，因此道家追求「無」的境界，認為人只有無私無我、無欲無念，順應萬物順應自然，才可達至逍遙自在的境界。在治國方面，莊子主張「無為而治」，即採用順應自然變化而不妄為的方法來管理國家，百姓不應受人管治和利用；在求學方面他提倡「絕聖棄知」，即棄絕聰明才智，回歸天真純樸的境界。

▷《莊子・山木》

《莊子》記載了莊子及其後學的思想和著作，是道家經典著

作，文章富濃厚的浪漫色彩，對後世文學發展有深遠影響。全書包括〈內篇〉七篇、〈外篇〉十五篇和〈雜篇〉十一篇，其中〈內篇〉一般認為由莊子所著，〈外篇〉和〈雜篇〉或有摻雜莊子門人和後來道家的作品。《莊子》雖以宣揚道家思想為中心，但孔子和儒家思想對《莊子》影響甚大，書中多篇文章也有提及孔子，有褒有貶。〈山木〉是《莊子》第二十篇文章，收於〈外篇〉中，由九個寓言故事組成，主要論述處世之道。

▷ 君子與小人

「君子」本是中國古代對貴族、士大夫的統稱，指社會地位崇高的人，「小人」泛指平民百姓。儒家認為君子受過良好教育，道德修養和品格操守都合符禮義標準，因此「君子」代表了道德高尚、品行優良的人；「小人」未受教育薰陶，道德水平較低，往往只顧利益，於是成為喪德敗行之徒的代稱。《論語・里仁》曰：「君子喻於義，小人喻於利。」儒家對君子和小人的評價，成為後人普遍評價道德的標準，而《莊子》也採用了這種以德行區分君子、小人的標準。

▷ 醴和酒

古文中的「醴」多指美酒、甜酒。現在我們泛稱一切含酒精的飲料為「酒」，在古代，酒精飲品則根據其釀造方式而各有名稱。古時用穀物為原料所釀造的酒分為兩類，一類是利用發酵穀物釀造，類似現時釀造啤酒的方法，所釀的液體稱為「醴酒」，其酒精含量低，味道較甜；另一類是用發霉的穀物先製成酒麴，再用酒麴釀成「麴酒」，這種酒酒精含量較高，酒味濃烈。由於醴酒味道較淡，及後漸漸被麴酒取代，因此中國古籍中的「酒」，多指麴酒。

名言共賞

　　我們談交友之道，常以「君子之交淡如水」這句話來讚頌崇高的友誼，此話來自《莊子‧山木》，作者以「林回負子」的故事，區別了因「利益相合」和「天性相連」而建立的人際關係，再以清水和甜酒為喻，揭示「君子之交」和「小人之交」兩種交往的態度：「君子之交淡若水，小人之交甘若醴。」君子的交往像清水，隨自然心性而為，保持平淡長久的關係；小人的交往像甜酒，因利益而結交，表面上親密，但當無利可圖時即斷絕往來。

　　道家重視自然本性，老子的《道德經》有名句言：「上善若水，水善利萬物而不爭。」即最完美的品行就像水一樣，能滋養、造福萬物，卻不與萬物發生矛盾和衝突。《莊子》的作者繼承老子的思想，推崇隨心而為、淡若清水的「君子之交」。此「淡」非指不重感情或關係疏離，而是指朋友之間應不問利益，坦誠相對，互相扶持，達至上善若水、清淡無爭之境。這種淡若清水的友誼，和與生俱來的親情一樣可貴，即使遇到危難，也只會互相保護，而不會拋棄對方。「小人之交」卻與此相反，彼此只靠利益和吃喝玩樂來維繫關係，剛結交時特別熱情，說話投其所好，見善溢其美，見惡蔽其過，這種關係表面甜蜜美好，但到危急之時，卻只顧自己，置對方生死於度外。

　　淡泊的君子之交是中國傳統的交友文化，歷來受不少文人認同和推崇。儒家經典《禮記‧表記》中有意義相近的闡述：「故君子之接如水，小人之接如醴；君子淡以成，小人甘以壞。」宋代詞人辛棄疾〈洞仙歌‧丁卯八月病中作〉：「味甘終易壞，歲晚還知，君子之交淡如水。」君子之交淡泊的可貴，詞人到老不忘。中國史上也不乏君子之交的記載，以下漫畫便記述了唐代名將薛仁貴待友以誠，即使貧賤之交也不相忘，以行動來實踐「君子之交淡若水，小人之交甘若醴」的故事。

唐代初年

王茂生

薛仁貴

薛仁貴成名前，與妻子住在破窰洞中，生活貧困，幸得鄰居王茂生一家接濟，才得以度日。

後來，薛仁貴跟隨唐太宗東征。

薛仁貴平遼有功，獲封「平遼王」。

謝謝，不用客氣了！

達官貴人爭相送禮恭賀薛仁貴，希望巴結他，但全被他婉拒了。

而他只收下……

由王茂生送來的酒罈。

打開酒罈，只見罈中盛載着清水。

哈哈！有意思，拿碗來！

我和王兄的友誼正是如此平淡而無雜質！

此後，薛王兩家一直保持往來，他們平淡如水的友誼也因而名垂千古。

名言活用 ✐

　　「君子之交淡若水」精闢地表達了中國人推崇淡泊而長久的友誼。寫作談及友誼的文章時，不妨多用這句名言提升文章層次和意境。以下題目要求記述爺爺與朋友相處的經過，並通過爺爺的言行體會中國傳統待友之道。寫作的重點在於「體會」，文章不重記言說理，而重記事達理，通過刻畫爺爺的言行表達自己體會的道理。若能適當地提出與中國交友文化相關的名言，配合爺爺的言行作深入剖析、思考或反思，陳義更高。

| 題目 | 「爺爺是我最敬愛的人，從他對待朋友的態度，我體會到中國傳統文化中的待友之道，確有值得欣賞的一面。」試根據以上描述，記述爺爺的言行，抒發你對他的感受。 |

示 例

　　今天早上，一向嚴肅、含蓄的爺爺一邊輕哼歌曲，一邊認真整裝，我忍不住問：「爺爺，發生了甚麼好事嗎？」爺爺咧嘴微笑道：「家鄉的老朋友今天遠道而來探望我，我現在要到火車站去迎接他呢！」爺爺行動不便，火車站離家又遠，我不放心他獨自前往，於是說：「不如讓我來接他，你安坐家中等候吧！」爺爺猛搖頭說：「不！**有朋自遠方來**，我要親自迎接他！」爺爺堅定的眼神和語氣告訴我，即使路途多遙遠，也無礙他親自迎接好友的決心。好友**長途跋涉**前來探

🎯 增分點

⭐ **巧用名言，使人物形象更傳神**：本文要求通過爺爺的言行表現中國人的待友之道，寫作時可把有關友誼的中國名言，例如「有朋自遠方來，不亦樂乎」，融入爺爺的話語中，突顯他溫文爾雅、富有學養的一面，使人物形象更為傳神。

望，爺爺當然希望第一時間見到老朋友，送上親切的問候，這是對遠道而來的朋友的尊重。面對爺爺的堅持，我這個孫兒怎能不陪他一道去迎接這位老朋友呢？

在火車站外等候時，我在想像爺爺朋友的模樣。爺爺**知書達禮**，他的好朋友應該也是**文質彬彬**的知識分子吧？忽然，爺爺興奮地高聲呼喊：「老陳！」我四顧張望，只見一個身穿破舊格子襯衣，皮膚**黝黑**的老人徐徐從站內步出。老人踏着一雙破舊布鞋，背着一個又大又舊的布袋，像剛從鄉間出來。只見爺爺迫不及待，一個箭步上前擁着他。老人先是一愣，回過神來看了看爺爺，綻放了一抹燦爛笑容，然後輕握爺爺雙手，語帶鄉音說：「老張……好久不見了。」啊，他就是陳伯伯，我當下有點失望。

回程路上，陳伯伯把家鄉發生的一切滔滔不絕地告訴爺爺，爺爺少有回應，但身體一直微微靠向陳伯伯，一臉微笑，靜靜地聆聽老朋友的話。回到家中，爺爺用珍藏多年，平常捨不得沏的茶葉，殷勤地為陳伯伯泡了一壺茶。陳伯伯微呷一口便放下茶杯，感慨地說：「唉，看你現在的生活環境多好，真羨慕！如果當年我堅持跟你一起到城市闖闖，現在我應該有你這般富足吧？」

> ✪ **善用對比，加強感染力**：適當運用襯托或對比手法，如以爺爺和其好友的背景、言行作對比，或以作者對朋友的要求來襯托爺爺不嫌友貧的情操等，能突出爺爺對待朋友時真誠坦率和值得欣賞的一面。

換了我是爺爺，看見朋友這般失意，當下應是**好言相慰**。想不到爺爺一臉嚴肅地說：「老陳，人生不能重來，追悔又有甚麼意義呢？何況你現在兒孫滿堂，生活簡單，也算富足。我大半生**汲汲營營**，為的也不過如此，這有甚麼好羨慕呢？」我大感詫異，爺爺這樣說，不怕得失朋友麼？我緊張地等待陳伯伯的反應，只見他**沉吟**片刻，**豁然**笑道：「哈哈，老張，還是你對！也只有你會對我說這些話……」古人云**「君子之交淡若水」**，似乎不假，爺爺待友真誠，坦誠勸告陳伯伯樂觀面對生活，他不隨便附和，也不只說好話，令我忽然醒悟到朋友間**相規以善，和而不同**的珍貴。

　　整個下午，爺爺和陳伯伯彷彿回到孩提時代，無所不談。我默默地坐在一旁，回想自己剛才在火車站的想法，頓感慚愧。爺爺的交友之道，就如孟子所說：**「友也者，友其德也，不可以有挾也。」**對待朋友實在不應有所自恃，也不應受年齡和階級所限，即使對方貧困，只要他品德高尚，彼此志趣相投，也可成為知己。陳伯伯一定有值得爺爺欣賞的地方，爺爺才和他成為知交。今天見證了他們這份多年不變的情誼，真希望在若干年後，我也能像爺爺一樣，有這樣的知心好友與我**促膝長談**話當年。

★ **旁徵博引，豐富文化意蘊**：適當引用與待友有關的經典名言，能豐富文章的文化意蘊，例如「君子之交淡若水」、「相規以善」（意指當別人犯錯時，作適當的規勸和指導）、「和而不同」（語出《論語・子路》，指和睦相處但不隨便附和）等。

★ **學習和反思中國文化精神，提升文章層次**：深入分析和評價爺爺的待友之道，點出中國傳統文化中值得學習的地方，並反思自己對友情的看法，進一步提升文章意蘊。

18 知子莫若父，知臣莫若君。

《管子・大匡》

名言溯源

古文

齊僖公生公子諸兒、公子糾、公子小白。使鮑叔傅小白，鮑叔辭，稱疾不出。管仲與召忽往見之，曰：「何故不出？」鮑叔曰：「先人有言曰：『知子莫若父，知臣莫若君。』今君知臣不肖也，是以使賤臣傅小白也。賤臣知棄矣。」召忽曰：「子固辭，無出，吾權任子以死亡，必免子。」鮑叔曰：「子如是，何不免之有乎？」管仲曰：「不可。持社稷宗廟者，不讓事，不廣閑。將有國

今譯

齊僖公生有公子諸兒、公子糾和公子小白。他命令鮑叔輔佐小白，鮑叔想推辭，稱病不想出任。管仲和召忽前往探望鮑叔，問：「為甚麼不出來輔佐公子？」鮑叔答：「前人說過：『最了解子女的非父親莫屬，最深知臣子的非君主莫屬。』如今國君知道賤臣沒有賢能，所以命令賤臣輔佐小白啊！賤臣知道自己被嫌棄了。」召忽說：「你當真推辭，便不要出來，我姑且說你快要死了，國君必定會罷免你的任務。」鮑叔說：「你如果這樣說，國君還有不罷免我的理由嗎？」管仲說：「不可以。主持國家宗廟之事的人，不能推辭工作，不能貪圖空閑。將來繼承國家

者未可知也。子其出
乎！」

的人仍未可預知，你還是出來效命
吧！」

《管子・大匡》(節錄)

小百科

▷ 《管子・大匡》

　　《管子》是先秦時期治國的經典，記述了管仲及管仲學派的言
行事迹，同時彙編了春秋戰國時期各學派的言論，包含了法家、
儒家、道家、陰陽家、名家、兵家和農家的觀點，後《四庫全書》
把《管子》列入法家類，管仲也獲後人譽為「法家先驅」。現存的
《管子》由西漢劉向所編，共八十六篇，其中十篇僅存目錄。書
中〈大匡〉、〈中匡〉、〈小匡〉三篇記錄了管仲輔佐齊桓公的事迹，
〈大匡〉是齊國的官書，記述自齊僖公至齊國稱霸的經過，而〈中
匡〉、〈小匡〉則為私人著作，篇幅較〈大匡〉短。

▷ 管仲 (約公元前 725- 前 645 年)

　　管仲本名夷吾，仲為字號，後人尊稱他為管子，春秋時期齊
國政治家，官至齊國上卿 (即宰相)，輔佐齊桓公 (也就是齊僖公
的兒子小白) 成為春秋時期第一位霸主。他曾言：「倉廩實則知禮
節，衣食足則知榮辱。」(《管子・牧民》) 糧倉充實，人民才能知道
禮儀；衣食豐足後，人民才能知道榮譽和恥辱。溫飽是人的基本
所需，管仲認為只有滿足這一點，人民才能生活富裕，國家才能
財富充盈，禮儀才能得以發揚，政令才能暢通無阻，因此他注重
發展經濟和農業，主張改革以富國強兵。

▷ 小白 (生年不詳，卒於公元前 643 年)

　　齊國公子小白，就是往後聞名天下的「春秋五霸」之首齊桓
公。春秋時期，周室衰弱，諸侯爭霸天下，齊國是其中一個勢力

強大的諸侯國。公子小白是齊僖公的三兒子，他在大哥齊襄公（公子諸兒）和堂兄弟公孫無知死於內亂後，與二哥公子糾爭奪國君之位，最後成功奪位，成為齊國第十五位國君。及後他任用管仲為相，採納管仲的意見，在尊重周室的名義下，團結其他諸侯，抗擊威脅中原邊陲的少數民族，還出兵阻擋意圖北上爭雄的強大諸侯國楚國，成功在諸侯國中樹立威信，成為一代霸主。

▷ 管鮑之交

鮑叔牙，別名鮑叔，齊國大夫，與管仲共事，也是管仲的知交。管仲年輕時十分貧困，曾與鮑叔一起營商，但他總是多拿財利，不過鮑叔並不生氣，反而體諒管仲貧窮。鮑叔深知好友是治國人才，於是不計私利，向齊王推舉管仲，並甘願在管仲之下辦事。管仲晚年病危，齊桓公欲立鮑叔為相，管仲卻加以反對，因為他深知鮑叔為人正直，容不下一絲醜惡，並不適合為相，鮑叔對此也十分認同。管鮑二人互相了解而不猜忌，廣為後人稱頌。時至今天，我們常以「管鮑之交」形容朋友之間惺惺相惜，交情深厚。

名言共賞

鮑叔說：「知子莫若父，知臣莫若君。」顧文知義，就是「最了解兒子的人非父親莫屬，最熟悉臣子才能的人非君主莫屬」。其實，這句名言不但指出了父子、君臣之間的理想關係，更反映了父親對待兒子和君主對待臣下的應有態度：父親長時間與孩子相處，理應十分了解子女，因此應懂得如何栽培他們；臣子常在君主左右，君主應了解他們的長短，因此也應能妥善安排職位，讓他們各司其職，盡展所長。

中國傳統社會重視倫理關係，「倫」是人與人之間的關係，「理」是不同身份的人各自所要遵守的行為原則，儒家經典《禮記‧中庸》便具體地提出君臣、父子、夫婦、兄弟、朋友共「五倫」，每個人在家庭和社會都有不同身份，各有應盡的本分。前文鮑叔提到「知子莫若父，知臣莫若君」，這兩句話正反映了中國傳統的君臣之倫跟父子之倫的關係。儒家有「修身、齊家、治國、平天下」的思想，先家而後國，君臣之倫其實是父子之倫的延伸，兩者均強調尊卑關係，臣下服從君主，猶如兒子聽從父親，各有本分，而為父為君者，除了要保護兒子和臣下，也有責任了解和珍惜他們。人若不能安守本分，以下犯上，導致「君不君，臣不臣，父不父，子不子」，倫理崩壞，社會也會陷入混亂。因此，倫理關係是中國傳統維繫社會秩序的重要基石，特別是管鮑二人身處的年代，諸侯爭霸，天下大亂，禮崩樂壞，臣弒君，子弒父時有發生，恪守君臣父子之倫便顯得格外重要。

以下的漫畫故事同樣發生在春秋時期，越國富商范蠡的次子在楚國犯了殺人罪被判死刑，在等候處決期間，長子堅持由他去營救弟弟，知子莫若父，范蠡深知長子的性格不能勝任，但在妻子的請求和兒子的堅持下，只好答應讓長子前往，只是所託非人，最終徒勞無功，范蠡還是痛失了次子。

春秋時期，越國富商范蠡的次子在楚國殺了人，被判死刑，等候處決。

名言活用 ✏️

現代中國已不再實行君主制，「知臣莫若君」便多引申至形容上司和下屬的關係；至於以「知子莫若父」形容父親了解兒子，表達血濃於水的親情仍然常見。以下是一篇刻畫父愛的抒情文，題目要求記述爸爸如何幫助「我」面對自己，並藉此抒發「我」對爸爸的感激之情。寫作的關鍵在於突顯父親的形象，和流露自己對父親的真情。

題目

> **3月3日 晴**
>
> 　我正面對艱難的抉擇，但因為爸爸，使我能夠從煩惱中釋放自己，勇往直前。
>
> 試從第二段開始，以「爸爸，謝謝你」為題，續寫日記。

示例

　　幾天前，身在英國的表姐致電給我，分享她在英國留學的見聞，言談間我不禁流露出對外地升學的**嚮往**，她便游說我到英國升學，並表示可替我辦入學手續。起初我甚是興奮，可是當她提到要先考入學試，及格後才能入讀當地學校時，我便開始**支吾以對**，放下電話後，只覺一片煩惱。

　　到外地升學是我一直**憧憬**的事，但我的成績向來不好，萬一入學試失敗了，不只我，相信爸媽也會很失望，親友知道後定必取笑我**愚鈍**。畢

🎯 增分點

✪ **仔細審題，理清文章重點**：文題要求交代「我」的「煩惱」，及爸爸怎樣幫助自己從煩惱中「釋放」。文章應先交代「抉擇」的緣起和「困擾」的原因，以及爸爸幫助自己解決煩惱的過程。抉擇的結果並不重要，不必詳細交代，重點是突顯「我」的心理

竟，我跟表姐不一樣，她自幼聰明伶俐，初中時已到英國留學，及後更順利入讀當地大學。我既不聰敏，又膽小**怯懦**，只會埋首書堆，老師所教的，我多是**囫圇吞棗**；在課堂上遇到問題，也不敢舉手發問，生怕問了蠢問題遭人**訕笑**……我凝視桌上跟表姐的合照，只見她臉上**綻放**着自信爽朗的笑容。我多希望自己也是個開朗積極、充滿自信的人！

匆匆吃過晚飯後，我躲進睡房裏。內心還在交戰着，應當一鼓作氣考好入學試，還是乾脆當表姐不曾來電？可是，我真想到英國升學呀……這時，爸爸輕敲房門低聲問：「美儀，晚飯吃這麼少，不對口味嗎？」我**納悶**地應答說：「沒事……」「沒事就出來吧，給你看些有趣的東西。」奇怪，很少主動跟我聊天的爸爸，到底要給我看甚麼呢？

打開房門，只見茶几上放着爸爸珍藏的巨型模型船。爸爸細心**拭抹**模型船，自豪地說：「厲害吧？這艘模型船有一千多件組件呢！你知道我是怎樣把它砌好的嗎？」我心裏正煩着，就隨便答道：「慢慢揣摩的吧？」「不錯。若要我再砌一遍，不知道是否能把它還原呢？」爸爸一邊說，一邊把模型組件逐一拆開，不消一會，便把他的心血結晶還原成一件件組件。

転變，即如何從「煩惱」中得以「釋放」，從而表達感激爸爸的感情。

⭐ **妥善鋪排情節，幫助表達感情**：寫借事抒情的文章時，所記的事最好和要表達的感情有緊密關係，不宜過於瑣碎。安排情節時，可善用設置懸念、後揭題旨等技巧，加強文章的故事性。

我**緊抿**着雙脣，看着一桌子模型船「殘骸」，一臉茫然之際，爸爸的聲音又響起：「我很喜歡砌模型，常常把它們拆開又重組。雖然現在年紀漸大，視力開始模糊，手指也不及從前靈活……」爸爸撿起一件組件，對我微笑着說：「但我仍然享受為自己喜歡的事而努力的快樂，也許我無法把它恢復原狀，也許有一天我又把它砌好，可是這重要嗎？」

　　知子莫若父，爸爸真明白我。他顧及我的自尊心，知道我因為信心不足而猶豫不決，但他卻不直接對我說明道理，而是以身作則，鼓勵我勇敢接受挑戰，為自己喜歡的事而努力。他這樣鼓勵我，我還有懦弱的理由嗎？我拿起幾件模型組件，一邊審度如何砌回模型，一邊故作輕鬆地說：「對，或許我能考進英國的學校？」爸爸聽到了，故作淡然的說：「對，喜歡的事，盡力做了再算。」

　　我開懷地笑了，向來**寡言**的爸爸，花盡心思鼓勵我，縱使我不一定成功，但一想到他給我的支持，想起那艘被拆開又重組的模型船，我彷彿有了勇往前行、乘風破浪的決心。爸爸，謝謝您！

　　睡覺前，我傳了一個手機短訊給表姐，寫道：「表姐，下午說的事，就拜託你幫忙了！」

18

知子莫若父，知臣莫若君。

✪ **善用行動描寫，反映人物心理狀況**：仔細刻畫人物的動作和表情，能營造生動的畫面，如「緊抿雙肩」代表緊張、不知所措，「微笑」帶有鼓勵意味。這樣能引起讀者聯想，投入文章之中。

✪ **細緻描寫感受，表達真切感情**：若只用一句「謝謝」表達感激爸爸之情，未免流於空泛、表面，宜深入描述爸爸在哪些方面啟發了自己，自己又以甚麼行動來回應爸爸的鼓勵等，使感激之情更真切具體地呈現。

19 士為知己者死，女為悅己者容。

《戰國策・趙策一》

名言溯源

古文

晉畢陽之孫豫讓始事范、中行氏，而不說，去而就知伯，知伯寵之。及三晉分知氏，趙襄子最怨知伯，而將其頭以為飲器。豫讓遁逃山中，曰：「嗟乎！士為知己者死，女為悅己者容。吾其報知氏之讎矣。」乃變姓名，為刑人，入宮塗廁，欲以刺襄子。襄子如廁，心動，執問塗者，則豫讓也。刃其扞曰：「欲為知伯報讎！」左右欲殺之，趙襄子曰：「彼義士也，吾謹避之耳。且知伯已死無後，而其臣

今譯

晉國俠客畢陽的孫子豫讓，最初效命范氏、中行氏，但不受重用，於是他離去轉而投效智伯，並得智伯寵信。後來韓、趙、魏三國瓜分了智伯的土地。當中趙襄子最痛恨智伯，所以他把智伯的頭蓋骨拿來當酒杯。豫讓逃到山中，說：「唉！義士為了賞識自己的人而死，女子為了欣賞自己的人而妝扮。我一定要替智伯報仇。」於是，豫讓隱姓埋名，偽裝成受過刑的人，潛入皇宮裏洗刷廁所，想找機會刺殺趙襄子。有一次趙襄子如廁時心緒不寧，抓住洗刷廁所的人查問，那人正是豫讓。豫讓拿出匕首對趙襄子說：「我要為智伯報仇！」左右的侍衛想殺掉豫讓，趙襄子說：「他是一個義士啊！我

至為報讎，此天下之賢人也。」卒釋之。

《戰國策·趙策一》（節錄）

小心躲開他就可以了。況且智伯死後，沒有留下後代，而他的臣子卻肯來為他報仇，這真是天下的賢人。」最後便釋放了豫讓。

小百科

▷《戰國策》

　　《戰國策》是中國史學名著，又稱《國策》，是一部國別體史書（分國記載史事的史書）。作者不詳，後由西漢史學家劉向編定並命名，按國別記述，包括〈東周策〉、〈西周策〉、〈秦策〉、〈齊策〉、〈楚策〉、〈趙策〉、〈魏策〉等十二策，全書合共三十三卷，記事年代橫跨約二百四十年，記錄了戰國初年至秦滅六國期間謀臣策士的言行和活動，可說是一部游說辭總集，也呈現了戰國時代的歷史環境和社會風貌，是研究戰國歷史的重要典籍之一。

▷ 豫讓（生卒年不詳）

　　豫讓，春秋時期晉國人，晉卿智瑤（即智伯，亦作知伯）的家臣。晉出公二十二年（公元前 453 年），趙、韓、魏三國滅知氏，趙襄子更以智伯的頭蓋骨盛酒，豫讓因此十分痛恨趙襄子。豫讓潛伏宮中廁所行刺趙襄子不遂後，以漆塗身毀容，吞炭毀聲，扮成乞丐，使人無法辨認，然後暗伏橋下，欲再行刺趙襄子，然而事敗被捕。豫讓深知復仇無望，於是求趙襄子把身上衣服給他，讓他拔劍擊衣以示為主復仇，最後豫讓自刎而死。豫讓堅持為主復仇，至死不渝，使他成為中國史上著名的烈士，《史記》也把他的事迹收錄在〈刺客列傳〉之中。

名言共賞 📖

　　豫讓是《戰國策》上有名的豪俠，他為了報答智伯的知遇之恩，不惜犧牲生命，赴湯蹈火，義無反顧，其英雄節操和忠義精神也因而流芳百世，「士為知己者死，女為悅己者容」也成為千古名言，意指義士為報答賞識自己的人而不怕犧牲性命，女子為取悅喜歡自己的人而努力妝扮，兩者同樣為了重視自己的人而努力。

　　豫讓本是刺客，卻受後人稱頌，全因他為報知遇之恩，堅決復仇的心志令人感動。儘管智伯已死，豫讓並沒有倉皇逃命，或另投新主，反而以「士為知己者死，女為悅己者容」來表明誓死為主報仇的決心。除了偽裝刑人躲藏宮中外，他更毀容毀聲，使家人和朋友無法辨認，這氣度與膽識無不令人動容。

　　《史記‧刺客列傳》記載豫讓在智伯死後，曾對趙襄子言：「臣事范、中行氏，范、中行氏皆眾人遇我，我故眾人報之。至於智伯，國士遇我，我故國士報之。」豫讓這種「國士遇我，我故國士報之」的看法，正反映了戰國時期士臣對君臣關係的價值觀：縱然君臣上下有別，但作為臣下，仍然希望和君主互相尊重。對於不重用他的范氏和中行氏，豫讓選擇轉投他人幕下；對於器重他的智伯，豫讓即使犧牲性命以報效恩德也在所不惜，這份「為知己者死」的決心，顯然並非出於愚忠。

　　古時男女在「知己者」及「悅己者」前，或不惜犧牲性命，或盡力展示最好一面以感激對方「慧眼識英雄」之恩。時至今日，對待知己，以死明志實屬不必，然而把名言套用在日常生活中，如員工為器重自己的上司加倍用心工作，運動員為支持者奮戰到底等，也是報答「知己者」的表現；至於「女為悅己者容」的心態，倒是古今不變。

名言活學

「士為知己者死，女為悅己者容」含有報答知己的感恩精神，然而這價值觀放諸現代社會和日常生活之中，可有值得反思或留意的地方？

酒後駕駛撞閘門　　司機友人涉頂罪

【本報訊】昨日，一名司機駕駛私家車載同友人回家時，撞到屋苑閘門。屋苑保安員聞聲而至，眼見閘門損壞，便報警求助。警方到場後，車主劉某稱事發時該車輛由友人樊某駕駛，而樊某也堅稱自己是司機。警方先為二人作酒精測試，證實劉某體內酒精含量超標，樊某則未有超標。及後警方翻看屋苑閘口的閉路電視錄像，發現意外後在司機門一方下車的是劉某，遂以酒後駕駛及妨礙司法公正罪名拘捕二人。

✪ 為朋友鞠躬盡瘁時，應考慮甚麼？

為討丈夫歡心　　高齡日婦竭力保養

【本報訊】日本一名五十六歲，育有四名子女的女士，為了取悅丈夫，希望時刻都能展現最美一面給丈夫欣賞，三十年來每天堅持早上五時起床，在丈夫醒來前花兩小時妝扮，每晚在丈夫入睡後才卸妝睡覺。此外，她每月都大灑金錢，購買美容產品保養肌膚；為保持苗條身形，她一星期最少做十小時運動，為的都是希望聽到丈夫讚美的話，留住丈夫對自己的寵愛。

✪ 我們應只靠外在美來討好心儀對象嗎？

名言活用 🖊

引用「士為知己者死」和「女為悦己者容」時，可視乎寫作場境而分別使用，若要表達為知己朋友鞠躬盡瘁的感受，引用前句即可。以下是一篇借事抒情的文章，記述了圓珠筆和主人並肩作戰的經歷和感情。寫作這一類代物發言的自述文章，關鍵是設身處地，從物品的視點出發，把物品當做有情感、有生命的個體，自然和合理地敍述自身經歷，體會它在不同遭遇中的心情，真切地呈現它的內心世界。

題目	「我是一支圓珠筆，此刻，我滿足地躺在書桌上，回憶過去難忘的經歷。」 以上是文章的第一段，試從第二段開始，續寫這篇文章。

示 例

一年前，陳老師從文具店把我帶回家。我凝視她嚴肅的臉，聽着她冷淡的語氣，心想：「糟了，這人一定是『魔鬼老師』了！」住在文具店的日子裏，我一直憧憬着的畫面，是學生珍惜我留下的筆迹，讓我陪伴他們成長，直至數十年後，他們偶爾回顧我的筆迹，然後**莞爾**一笑。可是，我現在落在陳老師手裏，恐怕日後只會遭到學生記恨。想到這裏，我不由得歎了一口氣。

日子一天一天的過去，我漸漸對

🎯 增分點

⭐ **設計合理情節，避免過分誇張**：代物發言的文章，發揮空間頗大，可寫成寓言、小說等體裁。惟不論文類，情節仍須兼顧情理，符合實際情況為佳，避免過分誇張，如寫圓珠筆能上天下海，超越生死等，否則難以引起讀者共鳴。

陳老師改觀了。她每晚都緊緊握着我，挑燈為學生批改中文作文，我給她指頭厚厚的筆繭包裹着，雖然不甚舒適，但卻很溫暖。暖意來自她那盡忠職守的熱心。替陳老師批閱功課，其實還蠻有趣的。看見秀麗整齊的字體，我便猜想那是由乖巧文靜的女生所寫；遇到寫得左歪右斜的字體，便推測它是出自放蕩不羈的「俠士」之手⋯⋯陳老師默默耕耘，為學生的作品逐一寫上詳盡的評語，永不重複。儘管我偶爾也會感到**疲憊**，但陳老師指尖間傳來**生生不息**的熱度，使我不敢**鬆懈**。畢竟，我擔當着改正學生錯誤的責任，又豈可得過且過？

突然，陳老師指頭一鬆，把我輕輕放在書桌上。她摘下眼鏡，扶着頭沉思。我好奇地**偷瞄**身旁的習作，看看到底是誰的文章令陳老師如斯苦惱。結果，我也不禁看得皺起眉頭：文章離題、內容紊亂、句子不通順⋯⋯陳老師同樣眉頭緊鎖，我知道她不是因難於批改而苦惱，而是為文章主人的學業成績而擔心。然而，陳老師很快便把我拾起來，**抖擻精神**，繼續批改。這一趟，我掏盡心血把原稿紙上雪白的空間都染得通紅。我想，同學在收到習作時也許會受到打擊，但只有如實道出不足，讓同學加以改

> ⭐ **留意敍事視點，加強文章真實感**：下筆前應設想圓珠筆觀察事物時的視野局限，「我」是一支不能自由活動的圓珠筆，應以限知的角度來敍事，令文章內容更真實。

過，同學才能有所進步，我相信陳老師的想法也和我**如出一轍**。

「美玲，你過來一下。」陳老師回到學校，便帶着我，跟文章的主人解釋成績欠佳的原因，同時提醒她寫作上的缺點。出乎意料的是，美玲沒有絲毫不快，還專心聆聽陳老師講解，並答應陳老師寫文章以改善文筆。美玲堅定地直視陳老師，眼中閃爍着一團充滿意志的熊熊烈火，這令我很**震撼**，也使我十分期待我們接下來的交流。

之後，美玲果然每星期都交來一篇作文，直至考試來臨前，她仍然堅持寫下去。最初，陳老師和我在文章裏找出了不少行文的毛病，打上一個又一個交叉，畫上一個又一個圓圈。只是不到兩個月，陳老師便只需輕托着我，在文章上偶爾圈出一兩個病句，就打上分數，評語也從「文句有待改善」變為「喜見躍進」，當我在美玲的週記上留下這句評語時，紙上的紅色墨水，彷彿化成了喜悅的淚水。

考試結束了，我依舊和陳老師並肩作戰，一同批改試卷。啊！是美玲的作文呢！我**迫不及待**要欣賞她努力的成果。文章寫得很好啊！我正要給試卷打高分時，奇怪，怎麼擠不出半個字來？陳老師反覆地搖晃着我，我的

> ✪ **立意正面積極，提升文章層次**：本文雖然是虛構的文章，但如能借主人翁的經歷抒發深刻的道理，例如藉圓珠筆的經歷，帶出不怕失敗，努力學習便能獲得成果的道理，能提升文章的層次。

身軀依舊挺立，可惜腳下卻無力印出**隻言片語**，任我如何使力踐踏，紙上仍然一片雪白。於是我知道，我的生命已到了盡頭。

　　我靜靜躺在書桌上，看着餘下未改的試卷，滿足地閉上眼睛。**士為知己者死**，我本以為自己會依依不捨，但此刻卻是全無遺憾，我的一生，有幸與陳老師結伴教導學生，得見同學有所進步，已是死而無憾。我相信有一天，當美玲打開她這幾個月的習作時，看着我為她留下的痕迹，會為曾經努力而得到的成果綻放滿意的笑容。

★ **起承轉合齊備，增添戲劇效果**：通過起（「我」對主人的誤解）、承（消除對主人誤解，與主人並肩作戰）、轉（協助主人指導學生寫作）、合（面對生命的驟然終結）來安排故事情節，可加強戲劇效果，提高文章趣味。

20 海內存知己，
天涯若比鄰。

王勃〈送杜少府之任蜀州〉

名言溯源

古文	今譯
城闕輔三秦，	高大的城樓擁衛着京城長安，
風煙望五津。	在這裏遙望着煙霧濛濛的蜀川五大渡口。
與君離別意，	和你離別，心中百般不捨，
同是宦遊人。	大家都是離鄉背井、外出作官的人。
海內存知己，	四海之內，有你這位知己，
天涯若比鄰。	即使遠隔天涯，我們也親如近鄰。
無為在歧路，	既然如此，在這分岔路口分別，
兒女共沾巾。	便不要像少男少女般，悲傷得淚濕衣巾了。

王勃〈送杜少府之任蜀州〉

小百科

王勃（650-676 年）

　　王勃，字子安，絳州龍門（今山西省一帶）人，初唐詩人，與楊炯、盧照鄰、駱賓王合稱「初唐四傑」。他是隋煬帝時經學大儒王通的孫子，從小就能寫詩作賦，有「神童」之譽，惜在二十多歲時，王勃前往交趾探望父親，不幸在渡海時溺水而斃。王勃才華橫溢，詩作以五絕、五律著名，風格清新，內容除抒發個人情志

外，亦會抨擊時弊、諷刺豪門貴族。在眾多作品中，以寫離別懷鄉之作較為著名。

名言共賞

古時不少官員或因被貶謫，或為吸收不同從政經驗而調職各地，離開家鄉去做官，這便稱為「遊宦」或「宦遊」。中國幅員廣闊，古時交通不便，遠行的人與親友通訊十分困難，調遷在外更感到孤苦寂寞，為了表達對家人、朋友和故鄉的濃厚情意，離別和遠遊便成為文學常見的題材。翻開《全唐詩》，能找到不少為送行贈別所作的詩，可見為親朋送行作詩，是唐代文人的風俗。

〈送杜少府之任蜀州〉是唐代五言律詩，也是著名的送別詩。王勃在長安任官時，一位姓杜的朋友即將離開，到蜀州任少府一職，於是王勃便為朋友作了這首詩。雖為送別詩，但此詩卻無傷感之情，面對朋友即將調任新職，離開家鄉，詩人勸慰友人不必為此而悲傷。他對友人說：「海內存知己，天涯若比鄰。」意謂四海之內，只要知己尚在，即便遠隔天涯，也似近在尺鄰。即使遠赴蜀中，友人也不必感到寂寞，真摯的友情不會因為距離遙遠而疏淡。詩人藉着詩作安慰遠行的友人，抒發了對這位知己良友的重視，表達了真正的友誼能經時間和地域的考驗，真摯的感情並不需靠頻密相聚來維繫。既然如此，不管是遠行者還是送行者，在分別的時候，都不必像少男少女般哭哭啼啼。

〈送〉一詩情感豁達卻不失親切，既表達了朋友間的深厚情誼，也反映出詩人曠達的精神和胸襟，其中「海內存知己，天涯若比鄰」一句流傳至今仍經常為人引用。不論在離別時勸慰朋友，還是形容朋友間的友情，只消引用這句名言，其他的便不用多說了。

名言活學

古時交通和通訊不便，但王勃卻認為真正的友誼不會因此而疏淡。放眼現代社會，科技和交通都很發達，人們通訊交流也愈來愈容易，人與人之間的情誼又是否更為深厚呢？

分隔半世紀　　兩翁喜重逢

【本報訊】近日，在美國加州的一個小鎮，一對因戰亂而分開近半世紀的老朋友久別重逢。這兩位已屆八十高齡的老翁憶述，他們從小就是鄰居，感情深厚，在戰爭時更一同被徵召上戰場，可惜在一次戰爭中，他們因混亂而失散，從此失去了對方的音訊。然而，讓人感動的是，他們並沒有忘記對方，而且四出打探對方的下落。終於，半世紀過後，雙方的子女竟在互聯網上聯絡上，令這對老朋友得以重逢，償還二人心願。

✪ 維繫友誼最重要的條件是甚麼？時間、地域，還是其他？

朋友需要不停溝通和見面

【本報訊】青年協會最近一份關於青年交友態度的調查報告指出，大部分青少年均認為，使用網上社交平台或手機即時通訊程式等通訊工具是保持友誼最有效的方式，他們經常通過這些電子媒介得知朋友的最新動態，並主要運用文字、圖像和朋友溝通。不過，也有四成受訪青年認為朋友間要經常見面和定期舉行聚會，才能令友情不易疏淡。

✪ 現代通訊科技發達，和朋友聯繫愈緊密，是否代表友誼愈深厚？

名言活用 ✏

　　「海內存知己，天涯若比鄰」多用於形容朋友關係，寫作和友誼相關的文章時，適當引用可提升文采。以下是一篇兼有議論和記事抒情的文章，題目較複雜，寫作時需先理解題目中的引文，也要連繫個人體會，表達對友誼的看法。寫作的關鍵是道出友誼的真義，對友誼的感悟須真實自然，並配合事例抒發所思所想。

題目	「真正的友誼不像一株瓜蔓，在一夜之間躥長，又在一天之內枯萎。」 試就個人對這句話的體會，以「友誼」為題，寫作一篇文章。

示 例

　　要了解真正的友誼，首先應該想一想，朋友相交的基礎，是建立在甚麼之上。金錢？利益？還是其他回報？都不是。朋友是人與人付出情感，通過交流後而得到的重要同伴；友誼是人與人認識、溝通、了解、契合後所得到的情感。因此，真正的友誼不是建立在一朝一夕的，它是一顆鑽石，必須仔細打磨，才會閃閃發亮，歷久不衰。

　　真摯深厚的友情，是身份、距離和生死都不能破壞的。南宋名將文天祥和友人張千載在幼時相識，他們一起求學，有着共同報效國家的理想。他們**惺惺相識**，目標一致，經年累月的

🎯 增分點

✪ 留意引文，了解題旨：撰文前，宜了解題目中引文的意思：真正的友誼不會建立在朝夕之間，而需要慢慢培養，才經得起考驗。拓展文章時，需因應引文意思作深化和延伸，回應題目。

相處後，他們建立了深厚的情誼。成長後，文天祥雖貴為宰相，但二人仍然平等相處，一切如昔；後來文天祥因得罪元世祖而入獄，張千載對朋友仍然不離不棄，經常遠道探望；最終文天祥忠烈不屈而死，張千載更甘願冒着斬首的危險，安葬文天祥，並保留他的頭髮和手稿，悄悄轉交到文氏家人手中。張千載對朋友不忘舊情，為友盡義善後，讓朋友**死而無憾**，受後人所敬崇。

真摯的生死之交，不受富貴貧賤影響，更不囿於生死之間。生活在今天的年輕人，也許不常遭逢危難，也許不曾經歷「死別」，但也不時會面對和朋友「生離」的煩惱，就像兩個月前，我的一位好朋友志玲要到外國升學了，當時我也萬般不捨，並且為我們之間的友誼而擔憂。

我認識志玲已有五年多，中一時我常常欠交功課，志玲品學兼優，老師便請她每天課後致電給我，提點我做好所有家課。志玲細心，做事條理分明，十分可靠。漸漸地，除了學習上的疑難，我還把所有愉快和煩惱的事都一一向她傾訴，我們成為無所不談的好朋友。可是，文憑試過後，她便要離開香港了，我們也不能再像往日般朝夕相對，我不禁擔心：我們的

☆ 借事抒情，加強感染力：文章體裁不限，但題目要求抒發個人體會，若能引用適當事例幫助抒情，能讓體會更具感染力。引用事例後，再援引個人經歷，能令文章更具層次。

☆ 注意過渡，令文章流暢自然：若能點出歷史事例與個人經歷的共通之處，藉此開啟下文，能使文意過渡自然。

友誼能長久不變嗎？想起不少昔日要好的小學同學，現在都沒有聯絡了，我不禁心中一沉：我和志玲的友誼，會否也**無疾而終**呢？當彼此的生活截然不同時，我們還有說不盡的話題嗎？

朋友相處貴乎坦誠，昨天我鼓起勇氣，向志玲訴說自己的擔憂，想不到她對我說：「若因為分開兩地便斷絕往來，我們也不過是**泛泛之交**，失去對方也不值得可惜。雖然我們不能終日結伴在一起，但我們也會一直關心對方，這樣不是比終日見面但不懂得互相關心更為可貴嗎？」志玲如此清晰堅定的回應，掃去了我心中的**陰霾**，我**如釋重負**地笑了。

海內存知己，天涯若比鄰，現在志玲已身處外地，我們不時致電對方，也不時以短訊互相問候，感情更勝從前，我堅信我們會是一輩子的知己！友誼最大的阻礙，不在客觀的距離，而是主觀的心。真正的友誼，不像一株瓜蔓，在一夜之間躥長，又在一天之內枯萎；它當如陳酒，**醞釀**需時，但日子愈久，愈發**香醇**。

✪ 巧妙作結，畫龍點睛：在結尾加入妙喻，或引申文題中引言的意義，能提升文章層次之餘，也可加深讀者的印象，收畫龍點睛之效。

21 遠水難救近火，
遠親不如近鄰。

《增廣賢文》

名言溯源

古文

遠水難救近火，
遠親不如近鄰。

　　　選自《增廣賢文》

今譯

遠處的水來不及撲滅眼前的火災；
遠方的親戚不如近旁的鄰居。

小百科

諺語和成語

　　《增廣賢文》收錄了不少今人常用的諺語，可說是中國的諺語大全。諺語是民間流傳的俗語，反映了人民生活實踐的經驗，含有豐富的知識和教育意義，而且大都是通俗易懂的短句，流傳極廣，對人的影響不下於四書五經，除了以上名言之外，「留得青山在，不怕沒柴燒」、「新官上任三把火」等，都是常用的諺語。

　　諺語和成語有甚麼分別呢？諺語多靠口耳相傳，字數相對較多，部分更是前後兩句押韻、對仗，易懂易記。成語多是書面語，多以四字表示，言簡意賅，主要以文字記載和流傳。諺語的表達自由多變，如「三個臭皮匠，勝過諸葛亮」可說成「三個臭皮匠，變成諸葛亮」，而成語的用字一般都不可變化。

名言共賞

「遠水難救近火，遠親不如近鄰」，意指遠處的水來不及撲滅身旁的火，比喻當我們遇到危急的情況時，遠方的親戚也不如近處的鄰居可靠，説明鄰里間守望相助極其重要。

自古以來，鄰里關係都是以地域為基礎，從家庭延伸而成的人際關係，《周禮》有載：「五家為鄰，五鄰為里。」中國古代鄰里關係緊密，這與當時的鄉官制度有關。戰國時期，秦國採用商鞅變法，定五家為「伍」，設「伍老」（地方官銜）；兩伍為「什」，立「什長」；十什為「里」，置「里正」。後來各朝代鄉官的名目雖有變化，但制度仍然大同小異。這些鄉官制度把家庭組織成羣體，彼此監督照應，鄰里關係自然密不可分。因此，有遠親不如近鄰之説，實在不無道理。

《左傳‧隱公六年》曰：「親仁善鄰，國之寶也。」道出了鄰里間理想的相處方式是「友好地交往」。鄰里間未必有血緣關係，但比鄰而居，彼此便有相互扶助的需要。中國人對鄰里鄉親的關係，一直強調以和為貴、以讓為德、守望相助。《孟子‧滕文公上》：「死徙無出鄉，鄉田同井，出入相友，守望相助，疾病相扶持，則百姓親睦。」意思是在家鄉同耕一塊田地，大家都和睦友好地相處，防守盜賊之餘也互相幫助，其中一家有人病倒，大家共同照顧，百姓之間自然親厚和睦。

中國不少文學作品也反映了緊密的鄰里關係。唐代于鵠詩云：「僻巷鄰家少，茅檐喜並居。蒸梨常共灶，澆薤亦同渠。傳屐朝尋藥，分燈夜讀書。雖然在城市，還得似樵漁。」（〈題鄰居〉）詩中仔細描述與鄰居一起挑燈夜讀的安逸生活。杜甫〈客至〉末四句云：「盤飧市遠無兼味，樽酒家貧只舊醅。肯與鄰翁相對飲，隔籬呼取盡餘杯。」也充分表現了與鄰居共飲的閑適情致。下頁漫畫故事講述元代訾汝道樂於助人，在鄰里危難時幫助他們渡過不少難關，也是鄰里互助的寫照。

元代一個名叫訾汝道的人，為人樂善好施，常把座右銘掛嘴頭。

積穀本為防飢，若遇上災荒，我一定要幫助貧困的鄉親。

訾汝道

只要見到同鄉有需要，

身為鄰居，我要想辦法幫助他們。

他都會施以援手。

唉！

快餓扁了。

這些田地我不急用，你們暫時拿去出租，這樣便有收入了。

謝謝你啊！

直至同鄉逝世後，訾汝道才把借出的土地收回。

ＸＸＸ之墓

又有一年，瘟疫流行。當時村裏流傳……

聽說有一種瓜，吃了能治好疫病。

可是現在人人都怕染病，誰敢外出買瓜呢？

訾汝道得知此事後，馬上趕往市集。

店主，請給我十斤瓜！

他冒著染病的危險，逐家逐戶把瓜派發給鄰居。

最終成功救治了許多人。

春天來了，他還把麥子、高粱種子借給鄉鄰，而且不收取借貸利息。

遇上失收，鄰居無力償還債務，訾汝道便把借據燒掉，不用他們歸還。

訾汝道樂於助人的事迹傳遍鄉里，他深受鄉里愛戴。

名言活用 ✎

　　現今社會的鄰里關係也許不及以往緊密，但鄰舍間互相關心、和睦相處的精神仍然值得珍視和宣揚。以下是一篇借事說理的文章，題目要求以自身經歷展示「近鄰」對「我」的重要，並解說名言背後的道理。寫作的關鍵是通過刻畫個人對鄰居觀感的轉變，揭示人與人相處應有的態度，以及守望相助的重要，從而帶出個人對名言的反思。

題目

「我一直不喜歡我的鄰居。可是，今天發生了一件事情，使我改觀了。」

以上是文章的開首，試以「遠親不如近鄰」為題，續寫這篇文章。

示例

　　「早啊，文中。上學嗎？喲，你別只顧戴着耳機啊！要小心走路……」早上甫出門，我便從音樂聲中隱約聽到鄰居陳太太的**叮嚀**，我牽一牽嘴角，頭也不回地轉身走去。媽媽和鄰居陳太太的感情要好，小時候我常常跟媽媽到她家裏**串門子**。那時我年幼，聽不懂她們在說甚麼，只覺得陳太太嗓門大，話也多，好像常常說人家是非似的——就像早上她接二連三的關懷和問候，像一隻纏人的蒼蠅，令人厭煩。長大後，媽媽不再帶我到陳太太的家，我樂得清靜。現在，每

🎯 增分點

✪ **選材生活化，易引起共鳴**：文章具真實感，較易得到讀者認同。因此，與其選誇張的事件，如家人急病、發生火災為主題，倒不如寫一些窩心的日常生活事件，加強文章的真實感。

當我在出門前聽見門外傳來開門聲，不管是誰家的也好，我都會先站定，待一切安靜下來才踏出家門，為的只是不想碰見陳太太。

然而，今晚的經歷，使我改變了這看法。

這星期，爸媽回鄉探親，只有我在家。今天放學回家，已是晚上七時，因為明天要考試，我匆匆按下電熱水瓶的開關，拿出泡麵，打算隨便吃過就趕忙溫習，作最後衝刺。都怪自己平日疏懶，今晚就是**囫圇吞棗**，我也要把書裏的文字全都塞進腦袋去。

忽然，「噼啪」一聲，家裏的燈都熄滅了，黑暗就像一團濃煙噴發，彌漫家中。我環顧四周，黑漆漆的，若不是窗外透進鄰舍的燈火，還真是**伸手不見五指**。除了電燈，原來空調也停了，房間霎時悶熱起來，怎麼辦？我還要溫習啊，怎麼辦？手電筒放哪裏去呢？難道要學古人**鑿壁偷光**？爸媽偏偏在這時候不在家，怎麼辦？我無助極了。

在我徬徨焦躁之際，門外忽然傳來陳太太的聲音：「文中，你在家嗎？我剛好路過，看到你家漆黑一片的，剛才明明聽見你開門的聲音啊，發生甚麼事嗎？你在家嗎？」不知何故，陳太太**叨嘮**依舊，可是我卻感到很親切。

★ **謹慎審題，準確下筆**：本文題目頗長，寫作要求亦多，宜小心審題。題目包括「改觀」一詞，因此文章必須交代「我」的心理轉變，這也是全文的精華所在，宜仔細描寫。組織文章時，可採用先抑後揚的佈局，先寫「我」對鄰居的不滿，再寫自己改觀的經過，以呼應題目開首的提示。

我摸黑開門，讓陳太太進來。「家中所有電器都開不動了。」我簡單地交代——這是我一向應對陳太太的方式。我以為她又會**喋喋不休**，豈料她只說了一句：「等我一會兒。」接着便跑回家，不久，陳太太和陳先生一同前來，還帶來兩支手電筒。

「太概是電線短路吧！我替你重新啟動電源，應該沒問題的。」陳先生一邊解釋，一邊在廚房裏找電箱。陳太太在旁拿着手電筒，為陳先生照明。不消幾分鐘，家裏回復光明了。我欠身道謝：「陳先生、陳太太，幸好有你們在。」陳太太開懷大笑，意外地她竟沒說甚麼，只把一支手電筒交給我，拍了拍我的背，便和陳先生離開了。

十多分鐘後，門外再次傳來陳太太響亮的聲音，她說：「文中，開開門！」怎麼她不按電鈴呢？我一臉疑惑的打開門。想不到，**映入眼簾**的，是一碗**熱烘烘**、**香噴噴**的湯麵。我瞪大眼睛，困惑地望着陳太太，她盯着桌上還未吃的泡麵笑着說：「即食的食物多吃無益，你還是吃我這一碗新鮮的雞湯麵，才有精力繼續溫習。」我紅着眼，雙手接過熱騰騰的湯麵，除了「謝謝」，我已經不知道如何表達這一刻的感激和感動。

★ 詳略有致，突出人物形象：本文描寫的對象是「鄰居陳太太」，安排情節時，宜集中描寫陳太太令「我」改觀的行為，詳寫她那些出乎「我」意料之外的行為和反應。其餘枝節，例如陳先生的為人，他如何修理電箱等，略寫即可。

　　沒有陳太太，今晚鐵定溫習不成，還要餓一整晚肚子。一直以來，我只覺得陳太太多管閒事，忽略了她的細心和熱心。**遠水難救近火，遠親不如近鄰**，鄰居的重要，平常察覺不到，直至今天陳太太給我的幫助，才令我深深體會到好鄰居的可貴。我一邊吃着湯麵，一邊回想自己以往對她的批評，感到自己實在幼稚得很。

　　於是，我一手拿着已洗淨的湯碗，一手拿着包裝精美的餅乾，走往陳太太的家。心裏反覆唸道：「陳太太，謝謝你！湯麵很好吃⋯⋯」

> ✪ **進一步反思，提升文章意蘊**：光明白道理而沒有行動，不過是紙上談兵。在本文結尾可略寫「我」在反思後的行動，以證明這次經歷對我影響之大，提升文章意蘊。

人生感慨

22 吾生也有涯，
而知也無涯。

《莊子・養生主》

名言溯源

古文

吾生也有涯，而知也無涯。以有涯隨無涯，殆已！已而為知者，殆而已矣！為善無近名，為惡無近刑。緣督以為經，可以保身，可以全生，可以養親，可以盡年。

《莊子・養生主》（節錄）

今譯

我們的生命有限，而知識卻無限。以有限的生命追求無限的知識，就會陷入疲乏困頓之中！既然是這樣，還要汲汲追求知識，那就更加疲困了！不做善事而去接近名譽，不做惡事而去接近刑罰。凡事順着中正自然之道而行，可以保護生命，可以保全天性，可以養護精神，可以享盡天年。

小百科

《莊子・養生主》

〈養生主〉是《莊子・內篇》第三篇文章，主要論及養生之道。「養生主」的意思就是「保養生命的主宰」，簡單來說就是保養人的精神。莊子認為養生之道重在順應自然，忘卻情感，不為外物阻礙；做人處世宜秉承事物的中正之道，做到「緣督以為經」，順應自然變化與發展，方能保養身體和精神而得享天年。

名言共賞

　　從〈養生主〉的篇名已可見文章的主旨：談人的養生之道。莊子認為生命有限，在浩瀚的宇宙裏，人不過是滄海一粟，要在有限的生命裏盡取無窮的知識是不可能的，無盡的追求也只會令人疲乏，耗損生命。因此，莊子寄語世人凡事適可而止，否則只會傷害自己（殆而已矣），使心靈不得解放。莊子勸誡世人不應強求知識，消耗生命，看似消極頹唐。其實，他這樣説，並非勸阻人追求知識，而是提醒人應擺脱世間種種桎梏，達至身心逍遙的境界。「吾生也有涯，而知也無涯」中的「知」，除了指「知識」外，還可以解作社會普遍的價值和觀念。莊子認為世間上的善惡、美醜、大小、勝負等觀念，都是人所強加的，全是相對和虛幻的。他認為萬事萬物皆由「道」所生，道的本質就是自然，因此人應該順應自然，恢復質樸的天性。於是，他奉勸人不應被「知」所囿限，應奉行「緣督以為經」的原則，順應自然行事，才能頤養天年。

　　至於「為善無近名，為惡無近刑」，可説是達至身心逍遙的具體方法。歷來學者對此句的解説不一，尤以後句引起的爭議為大。宋代理學家朱熹認為句子的意思是「為善者不要求取名利，為惡者不要受到刑責」，進而批評莊子主張做壞事而不用受刑責是有違常理的，也會破壞社會秩序；也有學者認為莊子並不教人行惡，這兩句話只為體現「無為」思想：在莊子眼中，為善者會成名，為惡者會受罰，不論行善行惡都為人帶來諸多負累，所以我們不應以世俗的善惡標準行事，凡事按自然正道為依歸即可，這與莊子在〈逍遙遊〉中提到賢人宋榮子的處世原則「舉世而譽之而不加勸，舉世而非之而不加沮」（當世人讚譽他時，他不會因此而過分積極努力；當世人都非議他時，他不會因此而消極灰心）一脈相通──日常行事，不在乎別人的毀譽，抱着平凡的心態做好自己，便是最理想的生活方式。

名言活學

古人很早就思考知識和生命的關係。時至今天，人們對知識的追求和看法又有沒有改變呢？

香港「步行哥」徒步走遍台灣

【本報訊】一名香港青年花了兩個月時間，以雙腳走遍台灣。他露宿街頭，在體育館洗澡，無懼日曬雨淋，只為體驗生活，磨煉意志。他走遍各市各縣，有人以為他瘋了，也有熱心人幫他一把，向他提供免費食宿。這名「步行哥」笑言：「香港的生活節奏急促，使我透不過氣來，感到迷失。步行台灣，讓我擴闊眼界，留意到很多微小的事物，這比在書本中得到的知識更實在！」

✪ 除了上學讀書，我們還可從甚麼途徑獲得知識？

山區學童苦求學　攀山涉水為求知

【本報訊】貴州山區的學童，每天清晨五時便要起牀，攀山涉水，步行三小時上學去。雖然路途遙遠，但他們仍然熱愛上學，只要能夠跟同學一起學習，便心滿意足。十歲的小林說：「我喜歡上學，因為可以認識外面的世界。不過，爸爸說家裏沒錢，我可能沒法讀初中了。」中國許多山區學童跟小林一樣，因家境清貧被迫輟學，留在農村工作；而在富裕城市裏的學生，卻又未必珍惜學習的機會。山區學童的遭遇，實在值得城市學生深思。

✪「知識」為人帶來甚麼？讓人追求知識的動力又是甚麼？

名言活用 ✏

在有限的生命裏，你會把握時間，努力學習，增值自己，還是活在當下，盡情吃喝玩樂？以下題目要求你在兩種人生態度中選擇其一。寫作時，不論選擇哪一種態度，也須比較兩者的利弊，以示選擇有理有據。

題目
人生苦短，有人認為應該終身學習，努力增值；有人認為應該活在當下，盡情吃喝玩樂。你支持哪一種態度？試談談你的看法。

示 例

人生苦短，如何活得精彩快樂，相信是每個人都會思考的問題。哲學家笛卡兒說：「我思故我在。」生命是讓人認識自我的過程，人要通過學習，增進知識，積累經驗，才能探索自我，從而思考存在的意義。

吃喝玩樂對人毫無價值嗎？不，只是它帶給人的快樂並不長久。吃一頓美味的飯，飽足兩、三小時，得到頃刻的愉悅，然而食物會消耗，飽足感也會減退；學一門新知識，終生受用，知識會積累，也可以傳授。吃喝玩樂得到的價值和快樂，與擁有知識相比，顯然短暫得多。

談到人生苦短，不少人都引用莊子的名句「吾生也有涯，而知也無涯」來

◎ 增分點

⭐ **確定立場，表明觀點**：文題要求在兩種態度中支持其一，因此在文章開首宜先表明立場，使討論聚焦，避免內容散亂，甚至離題。

⭐ **善用對比，鞏固論點**：文題中兩種態度有鮮明的分別，議論時，可為兩個立場作對比論證，以突出自己支持一方的優點。

解說：求知既是**永無止境**，學習也就只是漫無目的地虛耗生命，因此不斷學習也只是徒勞。這恐怕是斷章取義，誤解莊子的話了。讀過〈養生主〉的人都應該知道，莊子不過是希望世人不受世俗觀念影響，順應本心行事。人生在世，學習顯然是不能避免的，我們每天面對日新月異、無窮無盡的新知識，幾乎時時刻刻都在學習。我們若能在有限的生命裏不受限制地「學習」——不**囿於**在學校上課，而是在課餘時遊山玩水、發展興趣，或在與人相處時積極吸收新知識，終身學習，這才符合莊子**不受拘束、順應本心**的主張。

　　對一些人來說，終身學習更是一種享受。國學大師錢穆先生一生書不離手，熱愛從書本中學習，他曾說：「我感到在茫茫學海中，覓得了我自己，回歸到我自己，而使我有一**安身立命**之處。」對錢穆先生來說，終身學習是精神上的享受，也是人生的寄託。他在學習中找到愛國、坦誠、勤奮但又倔強的自己，這促使他立志一生宣揚中國文化，**彰顯**自己做人的價值。因此，終身學習是人追尋自我價值必不可少的途徑，也是令人感悟生命的重要體驗。

> ✪ **善用名言，引申論點**：與學習有關的名言大都耳熟能詳，如對名言另有看法，或有獨特見解，不妨作合理推論、假設，甚至提出質疑。提出新鮮的看法，能令讀者留下深刻印象。

終身學習，對社會也有益處。人生苦短，要用有限的生命貢獻社會，學習是主要的途徑。現代社會醫學昌明，交通便利，資訊流通，全賴人類不斷求知求進下發展而成。若人人都曲解「生有涯，知無涯」的觀念，不求上進，消極做事，不但錯失擴闊眼界的機會，社會也必不會進步。這倒真白白浪費了莊子寄望世人放下知識的包袱，**豁達**面對世事萬物的苦心了！

我們沒法預計生命的長短，惟有時刻學習，發掘未知的東西、發現自己與別不同之處，方能貢獻社會，充實生命。

> ✪ **多角度思考，豐富文章內容**：考慮個人角度後，嘗試以社會角度分析。論點的切入角度多樣，文章自然豐富多姿。

棄我去者，昨日之日不可留。

李白〈宣州謝朓樓餞別校書叔雲〉

名言溯源

古文	今譯
棄我去者， 昨日之日不可留； 亂我心者， 今日之日多煩憂。 長風萬里送秋雁， 對此可以酣高樓。 蓬萊文章建安骨， 中間小謝又清發。 俱懷逸興壯思飛， 欲上青天覽明月。 抽刀斷水水更流， 舉杯消愁愁更愁。 人生在世不稱意， 明朝散髮弄扁舟。	拋棄我而離去的， 是昨日那不可挽留的時光； 擾亂我心緒的， 是今天各種煩惱和憂愁。 萬里長風吹送秋雁， 面對此景正好到高樓暢飲。 你的文章具有建安風骨， 我的詩文好比謝朓的清新秀麗。 我們都滿懷逸興豪情， 希望飛上青天擁抱明月。 抽刀砍斷流水，水反而更湍急地奔流； 我舉杯飲酒消愁，怎料愁悶更深。 人生在世如此不稱心如意， 倒不如明早披頭散髮駕一小舟，在江湖上飄盪。
李白〈宣州謝朓樓餞 別校書叔雲〉	

小百科

▷ **李白**（約 701-762 年）

　　李白，字太白，號青蓮居士，唐代詩人，詩風豪邁奔放，想像豐富奇異，語言流麗自然，是中國浪漫派詩人的代表，有「詩仙」、「謫仙人」之美譽。李白才華橫溢，可惜一生仕途失意，他曾於玄宗天寶年間官至翰林，但卻因桀驁不馴的個性而不容於宮中。幸而，他生性豁達，沒有意志消沉，反而寄情山水，故其作品不只限於揭示統治階級的黑暗，更流露對自由的熱切嚮往。李白的詩作題材多樣，既寫山水遊樂，也寫閨怨別離等，作品風格豪放，色彩浪漫，深深影響了後來的蘇軾和陸游等文人。

▷ **叔雲**（生卒年不詳）

　　古人常以輩分加上名字稱呼同族親戚，如韓愈詩作〈左遷至藍關示姪孫湘〉，「姪孫湘」就是指韓愈的姪孫韓湘。在本詩的詩題中，「叔雲」是指李白的同族叔父李雲，他是祕書省校書郎，負責整理國家圖書。由於唐人多以蓬萊山代指祕書省，因此李白以「蓬萊文章」借代李雲的作品。

▷ **謝朓**（約 464-499 年）

　　謝朓，字玄暉，人稱小謝、謝宣城，南朝齊國詩人。謝朓出身士族大家，自幼好學，曾任宣城太守。其山水詩尤其出色，往往能藉山川之美抒發個人感受，風格清俊秀麗，意境優美。著名詩句有「餘霞散成綺，澄江靜如練」（〈晚登三山還望京邑〉）、「魚戲新荷動，鳥散餘花落」（〈游東田〉）等。李白十分欣賞謝朓，除在本詩提及他外，在〈金陵城西樓月下吟〉一詩更有「解道澄江靜如練，令人長憶謝玄暉」之句，可見李白對謝朓的追慕。

名言共賞

　　天寶三載，李白離開官場，開展遊歷生活。期間他廣交朋友，求仙訪道，縱情詩酒，生活看似閑適，內心其實苦悶。煩擾李白的，除了年華老去之歎，更是懷才不遇、報國無門的不滿與擔憂。當時李白已年過半百，眼見佞臣當道，安史之亂正在醞釀，只能慨歎：「君失臣兮龍為魚，權歸臣兮鼠變虎。」（〈遠別離〉）李白當時的心情相當複雜，既想報效國家，又想歸隱山林，這種矛盾也不時反映在他的作品中。

　　〈宣州謝朓樓餞別校書叔雲〉寫於天寶十二載，李白在宣城餞別祕書省校書郎李雲時所作，詩中既抒發了鬱鬱不得志的激憤，同時又表現出豪邁奔放的氣概。此詩的開首是兩個十一字的長句，似為表現詩人排山倒海的憂憤，詩人縱然明白「往者已矣，來者可追」，但抑鬱洶湧襲來，實無處排遣。然後忽作轉折，描寫萬里長風送鴻雁的秋色，以及酣飲高樓的豪邁，表現了詩人對自由生活的嚮往。接着兩句，詩人既讚美李雲的文章風格剛健，也自比謝朓的詩才，流露自信；後兩句抒發欲登青天攬明月，盡把心頭煩憂拋開的豪放率真，情緒至此最為高昂。詩末又作轉折，詩人畢竟身處無奈的現實中，煩憂始終像川流不息的河水縈繞不去，顯示他力圖擺脫精神上的苦悶。

　　全詩雖寫煩憂苦悶，但調子毫不低沉。面對不得意的仕途，詩人並不悲觀，也不沉溺過去，反而在山水之中尋求解脫。「棄我去者，昨日之日不可留」道出詩人明白時光難留的感悟：既然過去不可強留，那便讓它過去，放下執念，寄望將來。古今中外不少成功人士，都像李白一樣有「放下」的氣概。美國蘋果公司創辦人喬布斯曾掌管公司業務，但後來被董事會開除。儘管如此，他並沒有眷戀昔日風光，反而另起爐灶，積極求變，終於成為電腦業界巨子。他的成功，是因為他能放下過去，不被舊時包袱羈絆，完全體現了「棄我去者，昨日之日不可留」之道。

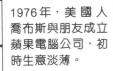 1976年，美國人喬布斯與朋友成立蘋果電腦公司，初時生意淡薄。

 為了讓公司營運下去，喬布斯每週工作68小時。

 終於，喬布斯為公司打響名堂。

 後來他與合夥人意見不合。

 同時，他帶領開發的電腦滯銷。

 他在1985年被董事會撤職。

 喬布斯並沒有留戀過去。離職後，他發展新事業，成立電腦動畫製作公司。九十年代中，他在電腦業界又再次聲名大噪。

1996年，業績下滑的蘋果公司力邀喬布斯回巢，他上任後不斷求變，令公司業務蒸蒸日上，成為電腦業界龍頭。

喬布斯在2011年病逝。他對資訊科技的貢獻，獲得世人一致讚譽。

名言活用 🖋

「棄我去者，昨日之日不可留」蘊含「忘記過去，努力未來」的積極思想，寫作時可以引用這句名言來勉人自勵。以下是一篇借事抒情的文章，題目要求我們交代放榜日所發生的事情和所得的感悟，寫作的關鍵在於清晰記述放榜的經過、個人的心理變化，以及在文中寄託展望將來的意願。

題目	試以「放榜日」為題，作文一篇，記述這件事情的經過和你的感悟。

示例

炎炎夏日，然而今天我踏進課室時，只覺四周像結了冰似的，寒冷、寧靜，只聽見空調馬達的轉動聲，就像是恐怖電影的前奏曲。我深深地抽了一口氣，然後慢慢返回自己的座位，等待放榜的結果。環顧四周，我看見有的同學一直緊盯桌面，有的不停搓揉雙手，有的喃喃自語……突然，一名同學嚷起來：「老師來了！」我馬上端坐起來，雙腳卻不由自主地發抖。

從老師手上接過成績表，我像捧着發臭的餐盒般，萬不情願的打開它。「三、三……三、三、二？」我反覆唸着自己的成績，不敢相信眼前的事實。我雖然不是**名列前茅**的尖子，但校內成績向來不俗，考試前也不曾躲懶，每天溫習幾小時，按時上補習班，為甚麼我

🎯 增分點

⭐ **營造緊張氣氛，製造感情起伏**：在文章開首先描述放榜日的緊張氣氛和心情，為隨後的震驚、失落和釋懷的心情作鋪墊，製造張弛有力的起伏，使文章跌宕有致。

⭐ **細緻描寫，表現情感變化**：面對成績未如理想，可有多種表現：傷心、震驚、徬徨、不甘心等，不同心情的表現方式各異，描述心情變化時，多作細緻的面部或行為描寫，情感更顯得細膩真摯。

付出了這麼多，卻只得到這個結果？我強忍不甘心的淚水，一句話也不説，此刻周遭的笑聲，哭聲，以至同學的問候，我也**充耳不聞**。我只想回家，遠離這個讓我掉進**冰窖**的課室。

回家後，我一直躲在房間裏不吃不喝，拒絕家人的安慰。腦海有把聲音不停**迴響**：「你這個失敗者……」直至夜深，我輾轉反側，無法入睡。忽然，門外傳來爸爸的聲音：「明天又是新一天，先睡一覺吧！」唉！爸爸怎會明白我呢？我不忿地質問：「誰説努力一定有回報？我的努力和心血不過是白白付出吧？」沉厚的聲音又響起：「傻孩子，你執着過去的付出，又能改變現狀嗎？考試不過是人生中一次小試練，別讓這小小的挫折擊倒你。難道你打算一輩子躲在房間裏嗎？」爸爸素來**沉默寡言**，這晚他隔着房門，語重心長的勉勵我，使我既慚愧又感動。我打開房門，想對爸爸説聲對不起。怎料爸爸卻先伸出手來，輕拍我的肩膀説：「沒事，我們都支持你啊！」我一聲不響，只一直點頭，要説的話都變成眼淚流下來。

棄我去者，昨日之日不可留。放榜結果已是定局，我決定放下一切，重新整裝出發——明天就去看看有沒有適合自己的課程，繼續學業吧！

❂ **運用不同手法表達感情，加強感染力**：抒發感受時，除了運用對話直抒胸臆外，還可通過描寫自己的反應和行為表達感受，這樣情感的鋪墊才更見多樣，也較有感染力。

❂ **善用名言作延伸思考**：放榜結果既成定局，收拾心情後，應以甚麼態度面對未來？可引用適當的名言作延伸思考，提升文章內涵。

179

24 春蠶到死絲方盡，
蠟炬成灰淚始乾。

李商隱〈無題・相見時難別亦難〉

名言溯源

古文

相見時難別亦難，
東風無力百花殘。
春蠶到死絲方盡，
蠟炬成灰淚始乾。
曉鏡但愁雲鬢改，
夜吟應覺月光寒。
蓬山此去無多路，
青鳥殷勤為探看。

李商隱〈無題〉

今譯

相見十分困難，離別時更是難分難捨。
暮春的東風軟弱無力，百花殘謝。
春蠶結繭，到死時才把絲吐盡；
蠟燭燒成灰燼，燭淚才會流乾。
清晨照鏡時，只憂愁濃密的鬢髮有所改變。
在夜裏吟詩，應覺得月光寒氣襲人。
他身處的蓬萊山離這裏沒有多少路程，
希望青鳥代替我殷勤地飛去探望他。

小百科

▷ 李商隱（813-858 年）

　　李商隱，字義山，號玉谿生、樊南生，晚唐詩人。自幼貧困，故希望早日入仕脫貧，光宗耀祖。當時朝中掀起「牛李黨爭」（政治黨派之爭），他一方面得到「牛黨」成員令狐楚提攜，成為進士，另一方面卻娶了「李黨」王茂元之女為妻，從此捲入紛擾的政治旋渦中，仕途崎嶇不定，晚年被罷職後於家鄉病逝。儘管仕途

失意，李商隱在文壇上卻大放異彩。其政治詩善用典故，借古諷今；愛情詩則詞藻華美，纏綿悱惻，成為千古絕唱。

無題詩

在唐代，詩人多會為詩命題，以示其主旨。而無題詩，則是作者不願明言主旨而沒有命題，或是詩題在流傳時散佚的詩作。據說李商隱曾隱居玉陽山瓊瑤宮學道，並愛上了一位隨公主隱居在附近一所道觀（靈都觀）的宋氏宮女，他們因禮教規條而不能相戀，咫尺天涯，難以相會。該名宮女精於音律，於是李商隱便和她傳書遞箋，借助詩歌和音樂來傾訴相思之情。這就是李商隱寫下大量內容隱晦，難以明喻的「無題」愛情詩的原因。由於詩作無題，後人在理解這些作品時，往往有不同詮釋，甚至有解不通的地方，因此留下了不少想像和討論的空間。

名言共賞

李商隱這一首〈無題〉層次分明，深刻地表現了他對愛情的執着。詩歌開首開門見山地點出詩人和情人相見的困難，由於難得相見，分別時也就更見難捨難離。接着二人以山盟海誓表示對愛情的忠貞，無奈他們在現實中無法結合，只能承受相思之苦。詩人在詩末突然筆鋒一轉，寄望象徵希望和未來的青鳥能為他們帶來愛情的曙光。全詩情感起伏有致，一氣呵成，詩意隱晦蘊藉，是愛情詩中的佳作，其中「春蠶到死絲方盡，蠟炬成灰淚始乾」以兩項生活中常見之物來形容忠貞的愛情，意蘊深遠，成為千古傳頌的名句。

李商隱的愛情詩除了詞藻華美外，感情表達往往含蓄蘊藉，例如他在這一首〈無題〉詩中，就運用了「諧音雙關」的手法，暗暗道出對情人的綿綿情意。中國古代不少詩人都喜歡借「芙蓉、蓮、藕、絲、布」等日常事物以諧「夫容、憐、偶、思、配」等同

春蠶到死絲方盡，蠟炬成灰淚始乾。

音或近音詞，以達致「諧音雙關」的效果，如樂府詩〈子夜歌〉：「霧露隱芙蓉，見蓮不分明。」詩人借「芙蓉」諧「夫容」，「蓮」諧「憐」，以示男子對女子猶豫、不明朗的愛情態度。妙用「雙關」，可使意蘊更含蓄、優美，收言簡意賅之效。這種修辭手法不但常見於古代詩詞、對聯、諺語等，甚至在現代廣告中也常用。李商隱在〈無題〉詩中便妙用了「絲」的諧音以抒發相思之苦。「春蠶到死絲方盡，蠟炬成灰淚始乾」一句，詩人借「春蠶吐絲」的意象來比喻愛情的堅貞，「絲」字更語帶雙關，既指「春蠶吐絲」，也諧「思」音，意指「思念」，婉轉地表現了思念之情，像春蠶一樣吐絲至死方休；相思的淚，也只有像蠟燭般燃燒至殆盡一刻才乾涸。儘管深知愛念會帶來終生相隨的相思之苦，但詩人對愛情的堅貞仍然是至死不渝的。直到今天，這名言除了形容堅定不移的愛情外，也引申至讚揚人謹守本分，至死無悔，或對眼前珍惜之物不離不棄，有情有義。

　　以下的故事充分表現了「春蠶到死絲方盡，蠟炬成灰淚始乾」的忠貞愛情。梁山伯與祝英台二人相愛，卻遭家人棒打鴛鴦，無法共諧連理，二人只有在死後雙雙化蝶，方能廝守下去。主人翁同生共死的悲壯，二人堅守愛情的節操，使「梁祝」成為中國家喻戶曉的愛情故事。

東晉時期

出身富裕的祝英台女扮男裝，到杭州遊學。

她認識了同學梁山伯，二人一見如故。

三年來，梁、祝二人結伴學習，形影不離。

梁山伯不知道祝英台是女兒身，只一直視她為知己好友。直至祝英台回鄉後……

梁山伯一次登門拜訪，始知真相。

妳⋯⋯妳是祝英台？

嗯，我是祝英台。

梁山伯大感驚喜，遂向祝家提親，卻遭到拒絕。

梁山伯大受打擊，最後因思念過度，抑鬱而亡。

山伯，你怎可以離我而去呢？

後來，祝父把祝英台許配予馬文才。祝英台萬般不願意。

但最終無奈被迫含憤上花轎。

花轎行經梁山伯墳頭時，祝英台執意下轎哭祭。

她的哀號引起了風雷大作，山墳崩裂。

祝英台二話不說躍入墳中。

風雨平靜後，墳頭出現了兩隻蝴蝶雙雙飛舞，有說牠們是梁、祝的化身，二人從此永不分離。

名言活用 ✏

　　每個人對「守候」的看法都不盡相同，面對沒有結果的守候，適時抽身而退或許是更好的選擇。以下是一篇有關「守候」的文章，題目要求敘述沒有美好結果的等待，寫作時須抒發守候期間的情感變化，並突顯「默默地」等待的心情。

> **題目** 人生總有幾次守候，然而守候不一定會有美好的結果。試以「默默的守候」為題，作文一篇。

示例　　　　　　🎯 增分點

　　小時候，爸爸經常公幹，每隔三四天才回家一次，和我們吃飯。那時我只要看見飯桌上多出一雙筷子，便趕快坐在椅子上，盯着門口，等待爸爸回來。每一次，爸爸總是帶我最愛吃的冰淇淋回家，從沒讓我失望。

　　我以為這些快樂時光能永遠持續下去，可是，這微小的願望，並沒有實現。在我唸中學的時候，爸爸離家出走了。我沒有目擊爸媽爭執的情況，只記得有一天，媽媽忽然流着眼淚抱着我說：「你爸走了，他不再回來了……」媽媽竭力抑壓着傷痛，佯裝平靜，可是她那**顫抖**的嘴唇顯然出賣了她。看着她的**激憤**、哀怨好像隨時一觸即發，我根本不知道如何應對，只好保持沉默。這一切都沒有**端倪**，

> ★ 善用對比，營造衝突：文章初段可以先敘述幾次守候的經過和感受。例如寫過去的守候都有結果，而最後一次卻落空了，通過對比，突出這次守候對情感的衝擊，下文所抒發的悲傷之情也就合情合理。

事情來得太突然了。爸爸，你一直教我要愛惜身邊人，那為何你狠心離開這個家？爸爸，你會回心轉意吧？爸爸，只要我等下去，你終有一天會回來吧？我一直抱着這些疑問，等待爸爸有天回來給我答案。

爸爸離開以後，媽媽總是強裝**若無其事**——儘管我知道，她仍在許多失眠的晚上偷偷**飲泣**。有時候，門外傳來鄰居開門的聲響，媽媽總是眼角一**牽**，不自覺**瞥**一下大門，眼裏閃過一絲期待。每次看見媽媽苦候爸爸的樣子，我的心便**揪痛**起來。每一次，我都努力擠出笑容，跟媽媽**東拉西扯**的，希望分散她的注意力。我多希望自己能決絕一點，像爸爸忘記我們一樣忘記他。然而，我內心的深處，還是像媽媽一樣，靜靜等待爸爸的回頭。

十多年**霎眼**過去了，「爸爸」兩個字漸漸成為媽媽和我之間的忌諱，也是一個令大家尷尬不安的詞語——雖然，媽媽一直沒有把爸爸的衣服丟掉，我們一家的舊照片仍藏在抽屜的暗角。我們都暗自期盼，爸爸有天會像以往一樣，如常下班回家。

有一天，我走在街上，竟然看見爸爸的身影。雖然他已經滿頭斑白，但我還是一眼認出，差點就叫出聲來。怎料，細看之下，他手抱着

> ★ **情感真摯，避免矯揉造作**：默默守候的，可以是平凡的人和事，毋須刻意設計悲天憫人的故事，如親友患上絕症或意外離世；守候的情緒也可以是黯然而平靜的，不必呼天搶地、悲痛欲絕，以免文章顯得矯揉造作。

一個小孩子，旁邊一個白胖的女子挽着他的手——她也許是爸爸現在的伴侶吧？他們三人談笑風生，氣氛**溫馨**，當下我本想上前跟他相認的力氣忽爾**消殆淨盡**。我原以為會發生痛罵、怨恨、怪責等場面，結果全都沒有發生。**春蠶到死絲方盡，蠟炬成灰淚始乾**，媽媽這十多年的守候，太沉重了；這十多年的守候，把我們**折騰**得極為疲倦了。我想，是放下的時候了！

目送爸爸離開後，我頭也不回地轉身回家去。回家後，我一聲不響地撿拾爸爸的衣服和物品。媽媽看見了，不但沒有阻止我，還和我一起默默把東西送到回收站去。收拾和送出東西後，媽媽的臉上倏地綻放**久違了**的笑容，歸家的路是前所未有的**豁然開朗**，好像美好的日子就在前面迎接我們。

✿ **反思名言，提升文章層次**：在引用名言時，可反思名言於現今社會是否合用，如：堅守代表重情？堅持守候會否使人錯過其他機會？除了默默等待，還有別的守候方法嗎？引用名言時，也可闡述自己對等待的看法，提升文章的層次。

✿ **逆向思維，不落俗套**：文題看似消極，若能在文章中加入正面的想法，是令文章不落俗套的好方法。嘗試運用逆向思維，想想如何從看似不美好的結果中調整心態，或反思「美好」的定義，使文章不流於自傷自憐。

25 春花秋月何時了，
往事知多少。

李煜〈虞美人 • 春花秋月何時了〉

名言溯源

古文

　　春花秋月何時了，往事知多少。小樓昨夜又東風，故國不堪回首月明中。雕欄玉砌應猶在，只是朱顏改。問君能有幾多愁，恰似一江春水向東流。

李煜〈虞美人〉

今譯

　　春花、秋月在甚麼時候才會了結？過往的事我又記得多少？我所住的小樓昨夜又吹起東風，望着明朗的月色，使我想起故國不堪回首的往事。

　　雕花的欄杆和白玉台階應該尚在，只是年輕的容貌已經改變了。若有人問我心中有多少哀愁，那我的愁緒就如春天的江水般，源源不絕地向東滾滾流去。

小百科

▷ **李煜** (937-978 年)

　　李煜，原名從嘉，字重光，或稱李後主，南唐末代君主。李煜自小以讀書為樂，不喜歡參與政事，因此他在政治上無甚建樹，南唐覆亡後更被宋軍俘虜。他的文學造詣極高，亡國前詞作婉約綺麗，多寫宮廷生活；亡國後詞風變得悲壯淒切，盡抒亡國之恨，大大拓闊詞的題材，有「詞中之帝」的美譽，其詞現存四十四首。

古代樂曲的曲調名字稱為「詞牌」，詞人按詞牌規定的曲譜填「詞」。〈虞美人·春花秋月何時了〉是李煜成為宋室的階下囚後，根據〈虞美人〉這詞牌所寫的詞，也是他抒發亡國之歎的代表作。囚禁的生活令李煜即使面對眼前美景，也愁思不斷。詞人懷念昔日宮中美好的生活，可是如今人面全非，詞作寥寥數句已勾畫無限唏噓。詞末以流水比喻哀愁，委婉地暗示自己受盡故國之思所煎熬，愁緒無窮。據說因為此詞流露了強烈的故國之思，因此促使宋太宗下令毒死李煜。

名言共賞

南唐亡國君主李煜淪為俘虜時，抒發思念故國的慨歎，寫下了千古傳誦的詞作〈虞美人·春花秋月何時了〉。面對眼前良辰美景，詞人卻只希望這些美好景物早日消失。「春花秋月何時了」這道問題在常人眼中甚是不合情理，然而只要連結李煜當時苦悶的囚居生活，便不難理解這些美景其實令他觸景傷情，勾起昔日無憂無慮的快樂回憶。「往事知多少」除包含了詞人懷念故國之情外，也透露了他對舊時只沉醉於風花雪月，不理政事的懺悔和內疚。可是，無論李煜如何緬懷過去，追悔往事，國破家亡、物是人非的事實已改變不了。這種往事不堪回首之歎，即使遠在今天也引起不少人的共鳴。現在人們嘗過百般經歷後，驀然回首，發現自己曾蹉跎歲月，也常藉這兩句名言抒發後悔或唏噓之情。

以下的故事來自中國著名小說《紅樓夢》，生於豪門的賈寶玉眼見賈家由盛轉衰，回顧過去美好的日子，感到萬般唏噓，充分表現了「往事知多少」的感慨。

賈府是金陵四大家族之一。賈寶玉是榮國府二老爺的兒子，自小得家中上下寵愛，衣食無憂。

寶玉，你想要甚麼儘管啩口！奶奶都依你的。

寶玉天性聰穎，但不喜歡讀書，只顧玩樂和沉醉於情愛之事，從沒有想過考取功名，讓賈家興旺下去。

姊姊，我們今天玩甚麼好呢？哈哈……

後來，賈府因弄權被抄家，風光不再。寶玉決定上京赴考，希望求取功名重振家聲。

上京途中，寶玉遇高僧指點迷津。回望過去，他明白繁華富貴和愛情不過是一場夢。

最後，他放下世間功名和情愛之事，出家為僧。

名言活用 ✏️

以下是一篇借事抒情的文章，文題要求以第一人稱的敍事角度追憶往事。寫作的關鍵是清楚記述從前歲月如何「可笑」，並抒發感受。回首往事時，人難免惋惜嗟歎，此時藉「春花秋月何時了，往事知多少」一句抒懷，能典雅地帶出內心情感，令文章更添韻味。

題目	「年紀漸長，回首過去，發現自己原來有過一段可笑的歲月。」 以上是文章的開首，試續寫這篇文章。

示例

剛看見電視新聞，知道澳門又有新賭場落成。上一次到澳門，也是十年前的事了。十年啊，在人的一生中，雖不長卻也不算短了。

「去逛逛罷了，你怕甚麼？」同事湊近頭來，在我耳邊悄悄地說了一聲。那時我剛踏入社會工作，不懂拒絕交際應酬，只懂支吾以對，於是他說：「就這樣，星期天在碼頭等你！」從此以後，澳門的賭場便成為我假日消遣時流連的場所。

日復一日，我到澳門賭博已經將近一年，賭場是可怕的地方，當你把金錢兌換為籌碼後，籌碼便彷彿成了賭桌上廝殺的利器，使人立即忘記這些都是用辛酸和血汗換來的回報。拿

💡 增分點

⭐ 設置懸念，埋下伏筆：文章以「回首過去」為主線，開首運用倒敍法是理所當然的，想進一步引起讀者追看的意欲，不妨設置懸念，在開首不揭示「可笑的歲月」所指何事，而是埋下伏筆，使佈局更精妙吸引。

着籌碼時，我所渴求的只有勝利的喜悦，還有金錢的得益——雖然每次我都對自己說：「小賭怡情。」

開始賭博之時，幸運之神總是眷顧我的，讓我嘗到甜頭。有一次，我贏了五萬元，這不禁令我膽大狂放起來，只想着：下注額愈多，獲利機會愈大！我拿着籌碼，嘴角情不自禁上揚，目光尖鋭如匕首，**狩獵**下一張讓我征服的賭桌。怎料，我急於追逐勝利，勝利卻離我而去——我輸得**血本無歸**！身無分文的我只有緊握雙拳，心中不忿無從宣泄。此時，一個素未謀面的中年男人向我走來，聳聳肩並對我笑說：「兄弟，看你的氣色，還是會贏大錢的。借你五萬元，讓你連本帶利贏回來。」五萬元？剛才我不就是贏得五萬元嗎？機會果然無處不在！我不假思索地簽下借契，接過現金，兌換了籌碼，頭也不回地再次步入賭場。

結果，我欠下二十萬元巨債。可笑的是，不到**走投無路**，我也無法感受被**奚落**的屈辱。媽媽為我四處借錢還債，親友表面上盡說同情話，但句句諷刺，刺傷了我，也使媽媽極度難堪，但媽媽只是垂着頭，默默承受着，為的只是希望儘快替我償還賭債。看見媽媽如此卑微地向人求助，

> ✪ **創設身份，引人追看**：文題沒有指明「我」的身份，不妨配合文題，發揮創意，為「我」塑造特別的身份和形象，可以是賭徒、壞學生、不孝子、剛踏入社會工作的年輕人等，令文章的內容更引人入勝；但須留意「我」的身份和遭遇須合符現實環境，所抒之情也要與身份配合。否則，情節過分誇張失實，便難以引起讀者共鳴。

我從最初的後悔、愧疚，漸漸變得**無地自容**——這一切羞愧，使我再無顏面留在家中，我離家出走了。

十年來，我漂泊在外，居無定所，刻意不和親人聯繫，為的就是不想勾起那股令人想吐的羞恥感……

倏地，電視新聞報道的聲音把我喚醒過來。**春花秋月何時了，往事知多少？**我回過神，定睛看着熒幕上金黃色的賭場如何**奪目璀璨**，受訪者如何讚歎它宏偉輝煌。哼，可笑！就是這**五光十色**令我迷失本性，盡失血汗錢，愧對疼愛自己的媽媽——可是，為甚麼我如此貪婪？媽媽為我無私付出，為甚麼我卻只顧維護自尊？為甚麼我竟逃避責任，離家出走？**驀然回首**，我發現最可笑可恨的，不是賭場，也不是以前嗜賭的自己，而是現在毫無勇氣面對過失的自己！

我關上電視，翻出故居的鑰匙，走在回家的路上，我手心冒汗，緊握鑰匙，暗暗祈盼它能為我和媽媽打開心鎖，解放那不堪回首的前塵往事。

> ✪ 借用名言抒情，畫龍點睛：從敍事部分過度至抒情部分時，適當引用名言幫助抒情，可使感情更見深刻。

> ✪ 文末反思，精彩收結：題目要求回顧一段可笑的歲月，「可笑」一詞含譏諷、感慨的意味。然而，「我」在嘲諷或感歎過後又有何打算？抖擻精神，還是一笑置之？不知省悟，還是改過自新？在文末以反思來收筆，可為文章帶來具點題作用的精彩收結。

但願人長久，
千里共嬋娟。

蘇軾〈水調歌頭・明月幾時有〉

名言溯源

| 古文 | 今譯 |

古文

　　明月幾時有？把酒問青天。不知天上宮闕，今夕是何年？我欲乘風歸去，又恐瓊樓玉宇，高處不勝寒。起舞弄清影，何似在人間！　轉朱閣，低綺戶，照無眠。不應有恨，何事長向別時圓？人有悲歡離合，月有陰晴圓缺，此事古難全。但願人長久，千里共嬋娟。

　　　　蘇軾〈水調歌頭〉

今譯

　　甚麼時候出現如此皎潔的月亮呢？我端起酒杯詢問青天。不知道在天上的宮殿，今晚是屬於哪一年？我想乘着清風回到天上去，但又怕在美玉砌成的亭台樓閣之中，抵受不了那高處的寒冷。我在月下翩然起舞，賞弄清冷的影子，天上哪裏比得上人間！

　　月光轉移至朱紅色的華美樓閣，光輝低射進雕花的窗戶，照着無法入眠的人。明月不對人產生怨恨，但為何它總在人離別之時月圓呢？人生總有悲哀、歡樂、離別、團聚的際遇，月亮也總有陰晴圓缺的變換，這些事情自古以來也難得圓滿。只願所有人平安及健康，即使相距千里，也能共賞這美好的月色。

小百科

▷ 蘇軾（約 1037-1101 年）

　　蘇軾，字子瞻，號東坡居士，北宋文學家，兼擅書畫，是中國史上罕見的全能藝術家。蘇軾仕途屢經挫折，曾先後因黨爭而被貶至杭州、黃州等地，幸而他生性樂觀，即使被謫，仍能寄情山水，解放心靈。蘇軾的文章汪洋自肆，詩作清新剛健，詞作豪放曠達，在詞中引入政治憂思、說理懷古等思想，開豪放詞風先河。

▷〈水調歌頭・明月幾時有〉

　　此詞寫於丙辰年（1076 年）的中秋節，詞前序言：「丙辰中秋，歡飲達旦，大醉，作此篇，兼懷子由。」當時蘇軾正任密州（今山東諸城）的知州（州長），父母、妻子已先後去世，分別七年的弟弟蘇轍（子由）則身在齊州（今山東濟南）。仕途挫折、家庭不幸、兄弟別離，促使他在本應人月團圓的中秋佳節，寫下這首詞以抒發心中感情。

▷ 嬋娟

　　嬋娟原是古代美女的代稱，這裏本指嫦娥，實指明月。以嫦娥借代明月，反映了古人對月亮的崇拜。傳說月宮嫦娥美麗孤高，長生不老，令古人神往不已。古人為月亮構想這個神女，不但增添月亮的神聖，更暗示明月乃理想、生命、純潔的化身。

名言共賞

中國現代美學家朱光潛曾說：「西方詩人所愛好的自然是大海，是狂風暴雨，是峭崖荒谷，是日景；中國詩人所愛好的自然是明溪疏柳，是微風細雨，是湖光山色，是月景。」自古以來，中國文人都喜歡借月抒情，早在《楚辭》和《山海經》等典籍中，已不時見文人對月亮有奇妙的遐想和崇拜。月亮高掛天空，各地的人看着同一個月亮，不期然會設想自己所掛念的人此刻也在看月。因此，文人常藉着寫月亮來抒發對親人的掛念之情，如杜甫〈月夜〉首四句云：「今夜鄜州月，閨中只獨看。遙憐小兒女，未解憶長安。」詩人身在長安，卻寫鄜州的月亮，從而表達對身在鄜州的妻兒的思念之情。

詞作〈水調歌頭‧明月幾時有〉便是北宋文學家蘇軾借月抒發思念的名作。詞作寫於宋神宗熙寧九年的中秋，當時蘇軾調往密州，與弟弟蘇轍七年未見。詞作上片寫詞人一邊飲酒，一邊賞月，有點醉意，便追溯明月的起源，甚至引起對神仙天宮的聯想，展現浪漫情懷。詞人縱然嚮往天上生活，但卻決心留在人間，透露了積極入世的思想。

下片詞人則轉而望月懷人，從月亮圓缺的定律感悟到人生離合散聚乃常事。儘管無法與弟弟團聚，詞人卻能自我開解，並以「但願人長久，千里共嬋娟」作結，圓滿表達樂觀曠達的人生態度。詞人希望世間上分離的人，都能打破時空隔閡，在共賞明月之時得到慰藉，通過月亮這媒介與思念的人心心相照，緊緊連繫一起而得到幸福。蘇軾把個人惦掛至親的情感化為普遍的共同情感，呈現其大愛與人文關懷，這名句可說是對天下離人最美好的祝福。

名言活學

「但願人長久，千里共嬋娟」不單訴說了詞人對親人的思念和祝福，更引起天下離人的共鳴。時而世易，期盼團圓，或為人送上關心和祝福的情懷，至今有沒有改變呢？

青少年對中秋傳統興趣不再？

【本報訊】中秋節與家人團聚，賞月吃月餅，是中國人的傳統習俗。不過，時下青少年卻未必同意。一名十六歲的少女說：「小時候，我還會跟家人一起過節，但現在不會了。團圓？太老套了！我寧願跟朋友一整夜在沙灘玩耍！」在年輕人眼中，中秋節是與朋友狂歡的日子，中秋節背後的文化精神，他們已經感受不深。

✪ 現代交通便利，居住遠方的親友可隨時相見，人們團聚已方便多了，那麼中秋節對我們還有甚麼意義？

中秋送月餅　人間見真情

【本報訊】中秋佳節，不少家庭都會買月餅應節，不過，貧困家庭未必有足夠經濟能力購買月餅。香港有慈善機構一直致力為貧困家庭募集月餅，去年成功收集二千多盒，今年再接再厲，有望籌集四千盒。機構發言人表示：「不少人樂意捐出月餅，讓有需要的人得到温暖，共享中秋的喜悅，這也是對弱勢社羣的祝福。」

✪ 在人月團圓的佳節裏，我們可以怎樣為別人送上祝福？

名言活用 ✏

　　「但願人長久，千里共嬋娟」是中秋佳節常見的祝福，寫有關傳統節日的感受或表達團圓祝願時不妨引用。以下題目便要求通過中秋節的見聞抒發心中所想，並向家人傳達心意。下筆前宜先掌握中秋節的文化意義，所表達的感受亦須與之相關。

> **題目** 每年農曆八月十五日，中國人都會慶祝中秋節。試以「中秋節與我」為題，寫出你的所見所想，以及如何向家人表達心意。

示 例

　　每年中秋，爸媽都帶我到爺爺家中吃團圓飯和賞月。然而，一直以來，我都希望中秋夜能跟朋友到沙灘狂歡慶祝，而不是與爺爺賞月閒談。不過，為免爺爺難過，我還是年年聽話，如常在爺爺家中過節。我始終不明白，為甚麼爺爺對中秋節一家團聚如此執着。我們每星期都會陪他品茗，即使不在中秋相見，也沒甚麼大不了吧？

　　今年中秋，爺爺還是如往年一樣，坐在窗旁的椅子上等待我們到來。吃過飯後，爺爺緩緩地站起來，**蹣跚**地步向露台。爸爸吩咐道：「你陪爺爺聊天，我待會過來。」我點點頭，視線稍稍離開掌中的手機，走向露台。

🎯 增分點

✪ **留意選材，立意宜高**：隨着年紀漸長，對節日的感受也許有所不同。取材方面，可以想一想，除了寫吃喝玩樂的內容外，有沒有立意較高的主題。不妨思考節日的意義，從而引申探討一些值得反思的話題，例如怎樣維繫親情、團聚的必要等。

我靜靜地站在爺爺身旁，倚着露台的欄杆，中秋夜涼風送爽，我卻感到**納悶**。「看，月亮多圓多潔白！」傳來爺爺一聲讚歎。我應聲抬頭，敷衍地用眼角一掃**亮如銀盤**的滿月，隨即又低下頭撥弄我的手機，心裏**嘀咕**着：「還不是年年一樣，有甚麼好看呢？」此時，樓下公園傳來年輕人的嬉笑聲，我瞇眼一看，見他們用蠟燭砌出一個又一個英文字母，應該是他們的名字吧？遠看還以為是聖誕節的燈飾──真希望聖誕節快來臨，讓我跟朋友一起在熱鬧中度過呢──唉，為甚麼我的中秋節，就一定得和家人一起過呢？

我問爺爺：「爺爺，你年輕時，也在家裏過中秋嗎？你不會想跟朋友一起賞月嗎？」爺爺頓了一頓，微笑反問：「你知道中秋節的意義嗎？」我搔搔頭答道：「不就是大家一起玩嗎？」爺爺指一指天上的月亮說：「自古以來，月光溫柔地普照世人，滿月象徵着團圓。小時候，我爸爸在城市工作，我和媽媽在鄉間生活，很是寂寞。每年中秋節，當我看見圓月高掛時，想起爸爸也與我一樣望着同一個月亮，便覺得彼此的距離**頃刻**拉近了。中秋節對我們一家來說，不只是一個節日，它讓我們得到親情的溫暖

> ✪ 詳略有致，突顯個人感受：記述事件或描寫人物時，不必巨細無遺，否則會令文章累贅。只需在重要情節或人物心理轉折處着力細描，已能突顯個人感受。如本文以「我」憧憬的熱鬧景象反襯當下寂寞的心境，有助把「我」的情感迸發至高峯。

和慰藉。我也喜歡與朋友玩樂，但在中秋佳節，我還是想跟家人一起過，不讓他們孤單。」

原來在爺爺寂寞的童年，月亮為他傳達了遠方的父愛！我凝望着爺爺的側面，發現他的白髮已所剩無幾，皮膚也因年老而鬆弛下垂，滿臉都是**滄桑**的皺紋。**捫心自問**，我還可以陪伴他度過多少個中秋夜呢？想到這裏，我的眼眶不禁泛起了淚水，恐懼直湧心頭。原來與家人團聚的日子，不是永無止盡的，也不是必然的，只是我習以為常而已。

爺爺如此重視親情，我卻沒有從中學習半分，實在慚愧。面對無情而且匆匆逝去的時光，我更要珍惜與家人團聚的每一刻。我輕扶着爺爺的手肘，說：「爺爺，回客廳吧，我切月餅給你吃。」爺爺摸摸肚皮，呵呵地笑起來。我一邊泡茶切月餅，一邊問及爺爺許多往事，知道了他那純樸的家鄉、溫柔的父母、美麗的戀愛……今夜，我重新認識過去與現在的爺爺。

是夜中秋，沒有朋友的歡笑聲，沒有燦爛奪目的燭光，我只和家人閒話家常，但卻滿足非常。**但願人長久，千里共嬋娟**，願我們一家健康快樂，每年都有這笑談歡聚的一夜。

> ✪ **情節合理真實，增強文章感染力**：寫記事抒情的文章時，內容若過於誇張失實，便難以引起讀者共鳴。宜構思合理而真實的情節，如本文寫「我」年紀尚輕，最初不明白節日的意義，然後通過爺爺的故事，帶出本文題旨所在，不但令文章具感染力，也使「我」隨後的省悟更自然合理。

> ✪ **深入反思，提高文章層次**：傳統節日自有其歷史和文化淵源，寫作有關傳統節日的文章時，可從其歷史、文化意義作思考，例如團圓的意義、月亮的象徵等；向家人表達心意時，也可反思平日與家人相處的態度，以增加文章的深度。

附 錄

- 名言出處一覽
- 與名言相關的中國歷史人物
- 與名言相關的中國文化知識
- 名言延伸小故事
- 寫作題目一覽

名言出處一覽

朝代	體裁	名言出處	頁數
先秦	散文	《論語・學而》 ⑫ 學而時習之，不亦說乎？	90
		《論語・顏淵》 ❶ 己所不欲，勿施於人。	2
		《道德經・第六十四章》 ❼ 千里之行，始於足下。	50
		《左傳・宣公二年》 ❷ 過而能改，善莫大焉。	10
		《孟子・告子下》 ❸ 生於憂患，死於安樂。	18
		《禮記・學記》 ⑬ 玉不琢，不成器；人不學，不知道。	96
		《禮記・中庸》 ❹ 知恥近乎勇	26
		《禮記・大學》 ❽ 修身、齊家、治國、平天下	58
		《莊子・養生主》 ㉒ 吾生也有涯，而知也無涯。	168
		《莊子・山木》 ⑰ 君子之交淡若水，小人之交甘若醴。	128
		《管子・大匡》 ⑱ 知子莫若父，知臣莫若君。	136
		《戰國策・趙策一》 ⑲ 士為知己者死，女為悅己者容。	144
兩漢	漢樂府	〈長歌行〉 ❺ 少壯不努力，老大徒傷悲。	34

朝代	體裁	名言出處	頁數
唐宋	散文	韓愈〈進學解〉 ⑮ 業精於勤，荒於嬉；行成於思，毀於隨。	112
		范仲淹〈岳陽樓記〉 ⑨ 先天下之憂而憂，後天下之樂而樂。	66
	詩	王勃〈送杜少府之任蜀州〉 ⑳ 海內存知己，天涯若比鄰。	152
		杜甫〈奉贈韋左丞丈二十二韻〉 ⑭ 讀書破萬卷，下筆如有神。	104
		李白〈宣州謝朓樓餞別校書叔雲〉 ㉓ 棄我去者，昨日之日不可留。	174
		李商隱〈無題 • 相見時難別亦難〉 ㉔ 春蠶到死絲方盡，蠟炬成灰淚始乾。	180
		文天祥〈過零丁洋〉 ⑩ 人生自古誰無死？留取丹心照汗青。	74
	詞	李煜〈虞美人 • 春花秋月何時了〉 ㉕ 春花秋月何時了，往事知多少。	188
		蘇軾〈水調歌頭 • 明月幾時有〉 ㉖ 但願人長久，千里共嬋娟。	194
元明清	對聯	顧憲成 ⑪ 風聲雨聲讀書聲，聲聲入耳； 　家事國事天下事，事事關心。	82
	詩	錢鶴灘〈明日歌〉 ⑥ 明日復明日，明日何其多。	42
	諺語	《增廣賢文》 ⑯ 學如逆水行舟，不進則退。 ㉑ 遠水難救近火，遠親不如近鄰。	120 158

與名言相關的中國歷史人物

人物	簡介	頁數
管仲	春秋時期齊國宰相，輔助齊桓公成為霸主。	137
公子小白（齊桓公）	春秋時期齊國公子，即位後成為春秋五霸之首。	137
晉靈公	春秋時期晉國君主，為人殘暴昏庸。	12
老子	春秋時期思想家，在道家和道教中有崇高地位。	51
孔子	春秋時期魯國人，儒家學派始創人。	2
仲弓	春秋時期魯國人，孔子的弟子，「孔門十哲」之一。	3
顏淵	春秋時期魯國人，孔子最喜愛的弟子，為人安貧樂道。	3
豫讓	春秋時期晉國人，晉卿智瑤的家臣，中國著名烈士。	145
孟子	戰國時期人，儒家思想的繼承和發揚者。	19
莊子	戰國時期著名思想家，道家的代表人物。	129
謝朓	南朝齊國詩人，詩作風格清俊秀麗，意境優美。	175
王勃	初唐詩人，與楊炯、盧照鄰、駱賓王合稱「初唐四傑」。	152
李雲	李白的同族叔父，為祕書省校書郎。	175
李白	唐代詩人，被譽為「詩仙」，作品富浪漫色彩，詩風瀟脫奔放。	175
杜甫	唐代著名詩人，被譽為「詩史」、「詩聖」，作品憂國傷時，反映當時政局，影響後世深遠。	105

人物	簡介	頁數
韓愈	唐代政治家和文學家，主張「文以載道」，曾推動「古文運動」，被列為「唐宋古文八大家」之首。	113
李商隱	晚唐詩人，愛情詩詞藻華美，纏綿悱惻。	180
李煜	南唐末代君主，文學造詣極高，有「詞中之帝」的美譽。	188
蘇軾	北宋著名文學家，亦擅長書畫，中國史上罕見的全能藝術家。	195
范仲淹	北宋著名政治家和文學家，曾推行「慶曆變法」。	68
文天祥	南宋著名民族英雄，曾力抗金兵南侵，最後以身殉國。	74
錢鶴灘	明代人，狀元出身，擅寫詩文。	42
顧憲成	明代思想家和教育家，曾任東林書院主講。	82

與名言相關的中國文化知識

範疇	內容	頁數
哲學	儒家「仁」的概念	4
	儒家的憂患意識	20, 69
	儒家捨生取義的精神	76
	君子的品格 —— 過而能改	13
	君子的品格 —— 好學	27
	君子的品格 —— 力行	27
	君子的品格 —— 知恥	28
	君子的品格 —— 修身	60, 98
	君子與小人之別	130
	道家的「無為而治」	51
	道家身心逍遙的境界	169
	古人的惜時觀念	36, 43
	古代知識分子的責任	83
	古人的豁達精神	176
教育	古人的學習趣味	91
	讀書與寫作的關係	106
	「文以載道」的精神	114
	古人的學習態度 —— 勤奮	114
	古人的學習態度 —— 力求新知	121

範疇	內容	頁數
文學	中國文學中的月亮（嬋娟）	195
民俗	古人贈詩送別的風俗	153
飲食	醴和酒	130
器物	古代的玉石文化	97
服飾	天子禮服 —— 袞	12
建築	中國名樓 —— 岳陽樓	68
科學技術	古代竹簡的製作過程 —— 汗青	75

名言延伸小故事

寫作題目一覽

名言編號	題目	參考公開試年份	頁碼
①	寫一次令我明白到「己所不欲，勿施於人」這道理的經歷。	2013	7
②	談談你對「律己以嚴，待人以寬」的看法。	2014	15
③	有人認為新一代香港兒童的自理能力較差，主要的原因是他們成長的環境太好所致。試談談你的看法。	2005	22
④	知恥近乎勇	2009	31
⑤	「明天就要考試了，今天晚上我還在挑燈夜讀。看着滿桌的課本，我忽然心生感觸。」 以上是文章的開首，試以「試前夜讀有感」為題，續寫這篇文章。	2014	39
⑥	一寸光陰一寸金	2009	46
⑦	現今的年輕人面對很多困難，你認為年輕人應如何克服困難？試談談你的看法。	2012	55
⑧	有人認為財富愈多，就代表愈成功。你同意嗎？試談談你的看法。	2007	63
⑨	一次學生會選舉有感	2006	71

名言編號	題目	參考公開試年份	頁碼
⑩	「這是一位我最尊敬的古人，從他身上，我學會了修身處世的道理，也體會到中國文化可貴的一面。」 試根據上文，記述這位古人的言行，抒發你對他的感情。	2012	78
⑪	不少學生為了入讀大學，終日刻苦學習，你認為讀大學有甚麼意義呢？試談談你的看法。	2012	85
⑫	「學會學習的人，是非常幸福的人。」試就個人對這句話的體會，記述你在學習生涯中最深刻的經歷，並以「學習」為題，撰文一篇。	2013	93
⑬	有人認為學校教育對學習成效的影響最大。試談談你的看法。	2007	101
⑭	「今天在文憑試成績表上，我見到這一科的成績，就覺得這幾個月來的努力沒有白費，怎樣刻苦溫習也是值得的！」 以上是文章的第一段，試續寫這篇文章，說說這幾個月來發生的事情和感受。	2008	108
⑮	「一天，父親帶兒子一同攀山，到達山頂後，父親指着山下說：『看，那裏多美！』兒子說：『既然如此，為甚麼我們不在下面看，反而要千辛萬苦爬上來？』父親說：『親自登上山頂看風景，比在山腳看的更美啊！』」 試就這個故事對你的啟發，寫作一篇文章。	2013	117
⑯	理想與現實	2009	123

名言編號	題目	參考公開試年份	頁碼
⑰	「爺爺是我最敬愛的人,從他對待朋友的態度,我體會到中國傳統文化中的待友之道,確有值得欣賞的一面。」 試根據以上描述,記述爺爺的言行,抒發你對他的感受。	2012	133
⑱	3月3日 晴 　我正面對艱難的抉擇,但因為爸爸,使我能夠從煩惱中釋放自己,勇往直前。 試從第二段開始,以「爸爸,謝謝你」為題,續寫日記。	2010	141
⑲	「我是一支圓珠筆,此刻,我滿足地躺在書桌上,回憶過去難忘的經歷。」 以上是文章的第一段,試從第二段開始,續寫這篇文章。	2011	148
⑳	「真正的友誼不像一株瓜蔓,在一夜之間躥長,又在一天之內枯萎。」 試就個人對這句話的體會,以「友誼」為題,寫作一篇文章。	2013	155
㉑	「我一直不喜歡我的鄰居。可是,今天發生了一件事情,使我改觀了。」 以上是文章的開首,試以「遠親不如近鄰」為題,續寫這篇文章。	2014	162
㉒	人生苦短,有人認為應該終身學習,努力增值;有人認為應該活在當下,盡情吃喝玩樂。你支持哪一種態度?試談談你的看法。	2011	171

名言編號	題目	參考公開試年份	頁碼
㉓	試以「放榜日」為題,作文一篇,記述這件事情的經過和你的感悟。	2005	178
㉔	人生總有幾次守候,然而守候不一定會有美好的結果。試以「默默的守候」為題,作文一篇。	2011	185
㉕	「年紀漸長,回首過去,發現自己原來有過一段可笑的歲月。」 以上是文章的開首,試續寫這篇文章。	2014	191
㉖	每年農曆八月十五日,中國人都會慶祝中秋節。試以「中秋節與我」為題,寫出你的所見所想,以及如何向家人表達心意。	2007	198

OXFORD
UNIVERSITY PRESS

牛津大學出版社隸屬牛津大學，以環球出版為志業，
弘揚大學卓於研究、博於學術、篤於教育的優良傳統

Oxford 為牛津大學出版社於英國及特定國家的註冊商標

牛津大學出版社 (中國) 有限公司出版
香港鰂魚涌英皇道 979 號太古坊和域大廈東翼十八樓

第一版 2015

ISBN: 978-0-19-944285-0

10 9 8 7 6 5

鳴謝
漫畫創作：Grace Ip

上架分類：語言學習 / 中學參考書